Germano Almeida

Das Testament des
Herrn Napumoceno

*Zu diesem Buch*

Wer sich zur Testamentseröffnung des honorigen Herrn Napumoceno, Handelskaufmann auf den Kapverdischen Inseln, versammelt hat, findet es überhaupt nicht amüsant, was der Verstorbene als Letzten Willen hinterlassen hat. Das Testament entpuppt sich als ein Lebensbericht, der ein völlig neues, überraschendes Bild auf den angesehenen Geschäftsmann wirft. Staunend erfährt die Nachwelt von einer leiblichen Tochter, gezeugt auf dem prächtigsten Büromöbel von ganz Mindelo, die von ihm als Haupterbin eingesetzt wird. Den Zeugen offenbaren sich kleine und große erotische Enthüllungen, geheimnisvolle geschäftliche Transaktionen und erstaunliche politische Neigungen.

»Die wechselnden Erzähllinien verleihen der Geschichte Tempo, der Konjunktiv und die indirekte Rede resultieren in einem erfrischend umständlichen Erzählton, und die burlesken Geschehnisse und die leise Komik lassen diesen Roman vollends zum vergnüglichen Divertimento werden. Der Leser erhält Einblick in die Erlebniswelt und Eigentümlichkeiten einer insulären Gesellschaft weit draußen im Atlantik.« *Georg Sütterlin, Neue Zürcher Zeitung*

*Der Autor*

Germano Almeida, geboren 1945 auf Boavista, Kapverden, studierte Rechtswissenschaft in Lissabon. Er arbeitet als Anwalt und führt einen eigenen Verlag auf den Kapverdischen Inseln. Die Verfilmung von *Das Testament des Herrn Napumoceno* erhielt den ersten Preis auf dem Festival de Gramado.

*Die Übersetzerin*

Maralde Meyer-Minnemann, geboren 1943 in Hamburg, arbeitet als Übersetzerin und Dolmetscherin aus dem Portugiesischen und Spanischen. Sie hat u. a. Werke von António Lobo Antunes und Paulo Coelho ins Deutsche übertragen.

Mehr über Buch und Autor auf *www.unionsverlag.com*

# Germano Almeida

---

# Das Testament des Herrn Napumoceno

Roman

Aus dem Portugiesischen von
Maralde Meyer-Minnemann

Unionsverlag

Die Originalausgabe erschien 1991 unter dem Titel
*O testamento do Senhor Napumoceno da Silva Araújo*
im Verlag Ediciones Caminho, Lissabon.
Die deutsche Erstausgabe erschien 1997
im Fischer Taschenbuch Verlag, Frankfurt am Main.

*Im Internet*
Aktuelle Informationen, Dokumente, Materialien
zu Germano Almeida und diesem Buch
*www.unionsverlag.com*

Unionsverlag Taschenbuch 668
© by Germano Almeida 1991
Vermittelt durch die Literarische Agentur Mertin,
Inh. Nicole Witt
© by Unionsverlag 2014
Rieterstrasse 18, CH-8027 Zürich
Telefon +41 44 283 20 00, Fax +41 44 283 20 01
mail@unionsverlag.ch
Alle Rechte vorbehalten
Reihengestaltung: Heinz Unternährer
Umschlaggestaltung: Martina Heuer, Zürich
Umschlagbild: brunohaver
Druck und Bindung: CPI – Clausen & Bosse, Leck
ISBN 978-3-293-20668-7

I

Die Verlesung des eigenhändig von ihm aufgesetzten Testamentes von Senhor Napumoceno da Silva Araújo dauerte einen ganzen Nachmittag lang. Als er auf der Seite 150 angelangt war, gestand der Notar, dass er müde war, und unterbrach sogar die Lektüre, um ein Glas Wasser zu erbitten. Und als er es in kleinen Schlucken trank, stöhnte er, der Verstorbene habe im Glauben, ein Testament zu verfassen, eher seine Memoiren geschrieben. Darauf bot sich Senhor Américo Fonseca an fortzufahren und führte an, er sei es gewöhnt, lange Texte laut vorzulesen, und der Notar nahm dieses Angebot gern an, weil seine Stimme, die, um der Amtshandlung Feierlichkeit zu verleihen, anfangs kräftig und wohlklingend gewesen war, immer schwächer geworden war und weil Carlos Araújo wie auch die Zeugen sich bereits sehr bemühen mussten, das Gemurmel zu verstehen, das aus seiner Kehle kam. Doch Carlos sah den Notar lächelnd an. Gleich zu Anfang, als er den riesigen Umfang des versiegelten Dokumentes sah, hatte er angeregt, dass es vielleicht nicht lohne, diesen Wälzer zu lesen, denn schließlich sei man fast en famille, zumindest unter ganz und gar vertrauenswürdigen Leuten, er schlage deshalb vor, das Testament als bekannt zu erklären, er werde es zu Hause aufmerksam und sorgfältig lesen, schon weil er die Absicht habe, allen Wünschen des Verstorbenen peinlich genau zu entsprechen. Der Notar lehnte dennoch diese Erleichterung entschieden ab, Gesetz sei Gesetz, es sei dazu da, erfüllt zu werden, und wenn das Gesetz besagte, alles müsse verlesen werden, dann müsse eben alles von Anfang bis zum Ende in Anwesenheit von Zeugen verlesen werden, und allein aus diesem Grunde seien die Herren Américo Fonseca und Armando Lima anwesend, die mit ihrer Unterschrift bezeugen würden, dass sie der gesamten Verlesung des Dokumentes beigewohnt hätten. Und indem er sich räusperte, hatte er um 14 Uhr 45 mit dem Verlesen begonnen, doch gegen 16 Uhr 10 räumte er ein, müde zu sein und keine Stimme mehr zu haben. Senhor Fonseca las bis 17 Uhr 20, dann bat ihn Senhor Lima bescheiden lächelnd, auch ihn ein Stückchen lesen zu lassen. Ihm fiel deshalb die Verlesung des handgeschriebenen Teils zu, der allerdings in so kleiner Schrift verfasst war, dass er sich mehrfach an einigen Worten verschluckte und noch einmal von vorne lesen musste, und so kam es, dass es den Beteiligten erst gegen 18 Uhr 30 möglich war, jedes einzelne Blatt des besagten Testaments mit ihrem Handzeichen zu versehen, und der Notar dann anordnete, es unter dem Bündel der entsprechenden Urkunden zu den Akten zu nehmen. Nachdem dies geschehen war, drückten die Anwesenden Carlos die Hand, die dieser ihnen notgedrungen ausstreckte, und sprachen ihm ihr tiefstes Beileid aus. Carlos riss sich zusammen und brachte die Kraft für ein Lächeln und ein Scheiß drauf! auf, und indem er allen für ihre Mühe dankte, sagte er, dass angesichts der Umstände jene Maria da Graça für die Auslagen aufkommen müsse und er es richtig fände, dass die Zeugen für ihren verlorenen Nachmittag entgolten würden. Doch während er sich das Jackett anzog, verlor er einen Augenblick lang die Fassung, und es gelang ihm nicht, ein In der Hölle schmoren soll der verdammte Alte! zu verschlucken, was Senhor Fonseca feierlich tadelte, indem er ihn schüchtern lächelnd darauf hinwies, dass jene heftigen Worte und jenes schroffe Verhalten weder zu dem Mann passten, der er sei und den alle kannten, noch zu der Kleidung tiefster Trauer, die er trage. Jedenfalls habe der Verstorbene seinen Neffen nicht vergessen, er habe ihm doch noch etwas hinterlassen, letztlich sei das doch ein großartiger Alterssitz. Deshalb sei es nicht angebracht, dem verstorbenen Onkel den nötigen Respekt zu versagen, dessen Erbe er ja schließlich sei. Doch Carlos, der aufgrund des Tadels noch blasser wirkte, ließ ihn kaum ausreden und sagte, er habe im Verhältnis zu dem, was er bekommen habe, schon viel zu viel Zeit verloren, winkte ihnen zum Abschied und lief nach Hause, Scheiß auf die Trauerkleidung, und zog sich normale Kleider an.

2

Ein neues Licht auf das Leben und die Person des illustren Verblichenen nannte Senhor Américo Fonseca bereits auf dem Wege nach Lombo de Tanque die Eröffnung des Testaments von Senhor Napumoceno. Und Senhor Armando Lima fügte mit der Akribie eines Buchhalters im Ruhestand hinzu, dass dieses Licht alles völlig anders aussehen lasse. Und während er neben Senhor Fonseca dahinschritt, philosophierte er darüber, dass kein Mensch je behaupten könne, einen anderen im ganzen Ausmaß und in der ganzen Tiefe seines Geheimnisses zu kennen. Denn wer hätte je gedacht, dass Napumoceno da Silva Araújo fähig gewesen wäre, die Anwesenheit seiner Putzfrau im Büro dazu auszunutzen, sie in allen Ecken des Zimmers und auf dem Schreibtisch zu lieben, und sogar noch so weit zu gehen, ihr auf der Glasplatte ein Kind oder, besser gesagt, eine Tochter zu machen! Senhor Fonseca stimmte seinem Freund mit einem Kichern zu und lachte dann noch einmal über die Tatsache, dass selbst sie, die engsten Freunde des Verstorbenen, nie auf den Gedanken gekommen wären, dass er eine Geliebte, geschweige denn eine Frucht der Liebe gehabt habe. Natürlich würden jetzt viele Leute kommen und auf Ähnlichkeiten hinweisen, sagen, man sieht es im Gesicht, es sind die gleichen wässrigen Augen usf., die Wahrheit sei indes, dass 25 Jahre lang, falls jemand etwas geahnt hätte, nicht einmal hinter vorgehaltener Hand jemand zu sagen gewagt habe, dass er ein Kind habe oder, besser gesagt, eine Tochter.

Und dennoch, als alles herausgekommen war und die Tatsachen belegt waren, zuerst einmal aufgrund des Testamentes und weiterer einzelner verschiedener Schriftstücke, die ordentlich nummeriert und in unterschiedlichen Ordnern mit einer Aufstellung der Daten und Inhalte archiviert worden waren, und dann wegen der Enthüllungen, die Dona Chica selbst machte, weil sie fand, dass es ihre Pflicht sei, der Tochter die Einzelheiten ihrer Zeugung anzuvertrauen – sah man, was man schon lange hätte sehen können, dieses feine schwarze Haar war genau das des Verstorbenen, die hohe Stirn war, da gab es überhaupt nichts, seine Stirn, und selbst die Haltung des Mädchens entstammte nicht ihrer Abkunft von einer Putzfrau, und ganz gewiss floss Händlerblut in ihren Adern.

Auch wenn diese Kommentare richtig waren, so steht doch fest, dass niemand in verleumderischer Absicht, aus purer Taktlosigkeit oder nur zum Spaß Maria da Graça in den 25 Jahren, in denen sie nicht den Namen Araújo trug, auf eine mögliche Verwandtschaft mit Senhor Napumoceno, Im- und Exportkaufmann, Großhandelslager, hingewiesen hatte, vielleicht auch deshalb nicht, weil Dona Chica, gleich nachdem sie von ihrer ungewollten Schwangerschaft erfahren hatte, urplötzlich schwer krank geworden war und deshalb die Stadt verlassen hatte. Wie sie viele Jahre später ihrer Tochter erzählte, habe sie diese Unannehmlichkeit unvorbereitet getroffen, nicht nur, weil sie immer davon überzeugt war, unfruchtbar zu sein, sondern auch, weil sie damals schon über 40 und außerdem Senhor Chenche selbst auch nicht mehr jung war. Doch unglücklicherweise hatte es damals noch nicht diese Pillen zum Nichtgebären gegeben, ganz zu schweigen von den nach der Unabhängigkeit begründeten Familienplanungs- und Schwangerschaftsabbruchsprogrammen. Deshalb musste man, wenn einen dieses Unglück traf, alles in Gottes Hände legen. Und so zog Dona Chica noch bis hinter Lombo de Tanque, kam nicht einmal zum Einkaufen in die Stadt und erhielt jeden Monat als Rente durch einen Überbringer pünktlich einen Umschlag, dessen Inhalt von der Firma Ramires-Araújo, Lda., stammte. Dennoch hätte die merkwürdige Tatsache die Nachbarn zum Nachdenken veranlassen können, dass Dona Chica, als sie im Radio die Nachricht vom Dahinscheiden des wohlbekannten Kaufmanns unserer Kaufmannschaft und einer der aktivsten Stützen unserer Stadt – Senhor Napumoceno da Silva Araújo erfuhr, schreiend im Haus umhergestürzt war und mein Beschützer, mein Gott, was wird jetzt aus mir geweint hatte, ganz anders als bei der gemessenen Trauer beim Tode ihres seligen Silvério, möge er in Frieden ruhen, der zwar kein Ausbund an Tugend, aber auch kein Schuft gewesen war. Trotzdem, als Dona Chica in Ohnmacht gefallen war, sofort Zuckerwasser geholt, sie an die frische Luft gebracht werden musste, die Frauen ihr das Mieder auszogen und weitere Kleidungsstücke, die eine freie Luftzufuhr behinderten, als Dona Chica dann auf dem Liegestuhl hingegossen lag, war niemand auf den Gedanken gekommen, zwei und zwei zusammenzuzählen, und so war dieser kleine Unterschied schlicht und einfach übersehen worden. So war es dem einzigen Neffen des illustren Verblichenen, Carlos Araújo, dem beinahe direkten Erben, da andere nähere Verwandte noch nicht bekannt waren, möglich gewesen, dem illustren Verblichenen großzügig ein Loblied zu singen, sein arbeitsames, rechtschaffenes Leben zu preisen, seinen Einsatz für die stiefmütterliche, aber dennoch geliebte Heimat, die Liebe zu seinem Volk, für das ihm kein Opfer zu groß war, sein langes Leben als ehrbarer, seiner Stadt verpflichteter Kaufmann, und zum Abschluss hatte er noch an sein vorbildliches Verhalten in Bezug auf Frauen erinnert: In seinem langen, beinahe 80 Jahre währenden Leben wurde keine einzige Affäre bekannt. Daher, meine Damen und Herren, hat er recht gehabt, als er in einem dem Testament beigefügten Brief darauf bestand, auf dem Weg zu seiner letzten Ruhestätte von den feierlichen, wohltönenden Akkorden des Trauermarsches des großen Beethoven begleitet zu werden. Ihm, Carlos, sei dies als die logische Folge eines ganzen, der Arbeit und Keuschheit geweihten Lebens erschienen. Und ebendaher habe er, sein einziger Verwandter, keine Mühe gescheut, diesen Willen zu erfüllen, so wie er alles dies auch täte, damit die Firma Ramires-Araújo, Lda., nichts von der Aura des von seinem geliebten, zutiefst betrauerten, unvergessenen Onkel strebsam errungenen Ansehens verlöre.

Carlos Araújo hatte diese feierlichen Worte am Rand des Grabes von Senhor Napumoceno gesprochen, und in gewisser Hinsicht konnte er bereits dort beweisen, wie sehr er sich bemüht hatte, dem Verstorbenen zu entsprechen, indem er den Anwesenden die drei Träger zeigte, die ein riesiges Tonbandgerät und zwei schwere, leistungsstarke Lautsprecher transportierten. Denn die Erfüllung des ersten von ihm erteilten Auftrages war auf ein unvorhergesehenes, beinahe unüberwindliches Hindernis gestoßen, weil sie auf den ersten Blick die örtlichen Möglichkeiten überstieg. Es ist in der Tat so, dass es in Mindelo Tradition ist, dass zu einer Beerdigung eine Musikkapelle gehört, und somit hatte Senhor Napumoceno keine Tradition infrage gestellt, was allerdings nicht für die Musik galt, die er sich ausgesucht hatte. Und das Hindernis tauchte auf, nachdem Carlos sich durchgefragt und schließlich erfahren hatte, was es mit diesem Trauermarsch auf sich hatte, denn am Morgen bei der Lektüre des Briefes hatte er sich keine Sorgen gemacht, er war ganz im Gegenteil beruhigt gewesen, bei den Marotten des Onkels konnte man ja auf alles gefasst sein, wie gut, dass es nur das war. Er hätte auf die Idee kommen können, eine Feuerbestattung oder eine Seebestattung zu erbitten. Aber so musste man nur dem Leiter der Musikkapelle sagen, dass die Musik auf dem Weg zum Grabe schlicht der Trauermarsch sei. Das Hindernis tauchte dann aber auf, als der Leiter fragte, was denn das für eine Geschichte mit dem Trauermarsch sei, und Carlos, der inzwischen wusste, was das für ein Marsch war, antwortete leichthin, er sei von irgendeinem Beethoven. Das spielen wir nicht, weigerte sich der Leiter. Bei den Beerdigungen spielen wir immer *Djosa quem mandób morrê*. Von diesem anderen Trauerdings habe ich noch nie etwas gehört. Außerdem ist es Unsinn. Wenn alle immer mit *Djosa* zum Friedhof gegangen sind und es nie Klagen gegeben hat, warum kommt jetzt Senhor Napumoceno und nervt uns mit diesem anderen Stück? Wenns *Djosa* sein soll, stehe ich zu Ihren Diensten. Was das andere betrifft, da läuft nichts.

Der Leiter der Musikkapelle hatte damit nur allzu recht. Seine Künstler beherrschten das *Djosa* vollkommen, sie spielten es vom Kirchtor bis zum Friedhof mit Variationen, die selbst dem Hartgesottensten Tränen in die Augen trieben, und es war daher nur verständlich, dass sie auf diesen Trumpf nicht verzichten und sich nicht an Unbekanntes heranwagen wollten, indem sie Musikstücke spielten, die womöglich nicht so viel Gefühl und Zerknirschung auslösten wie das *Djosa*. Daher brachte es Carlos nichts, dass er nicht lockerließ und meinte, die Beerdigung sei doch erst am späten Nachmittag, sie hätten fast noch den ganzen Tag, um zu üben, er würde für den Zuckerrohrschnaps während der Proben aufkommen, ein Mittagessen für alle und dazu noch einen Extralohn für jeden bezahlen. Weil sie unnachgiebig und geeint auf ihrer Ablehnung beharrten und Carlos seinerseits auch nicht einlenkte, es sei schließlich der Letzte Wille des Verstorbenen, in seiner Eigenschaft als Universalerbe könne er ihm nicht zuwiderhandeln, drohte er sogar, ein Sonderflugzeug zu chartern, um die Banda Municipal, die städtische Musikkapelle von der Insel Praia oder sogar eines der Tanzorchester kommen zu lassen.

Aber er wusste, dass dies nur Prahlerei war, denn es wäre nicht nur eine verrückte und unnötige Ausgabe, sondern auch noch eine Schande für Mindelo, wenn er ein fremdes Orchester importierte, um einen Beerdigungszug anzuführen, und er wusste nicht, was er machen sollte, bis ihm der Chef der Kapelle selbst die Lösung präsentierte. Als der nämlich das *Djosa* in dieser Form abgelehnt und herabgewürdigt sah, murmelte er beleidigt, dass ein Verstorbener eines Tages vielleicht ja noch Roberto Carlos oder einen Reggae haben wollte oder so was Ähnliches. Und da fand Carlos über eine einfache Assoziation die Lösung. Roberto Carlos erinnerte ihn an den Plattenspieler, und er verabschiedete sich vom Leiter der Musikkapelle mit der Drohung, dass die Firma Ramires-Araújo, deren Vertreter er von diesem Tag an sei, einen solchen Affront gegen ihren Gründer nicht vergessen werde.

Weil es für den Transport geeigneter war, nahm er statt eines Plattenspielers ein Tonbandgerät und überspielte 1200 Meter Trauermarsch in 14-facher Wiederholung auf eine riesige Spule. Allerdings war so viel gar nicht nötig, denn bei der Hälfte der siebten Wiederholung ließ er ihn abstellen und begann seine Rede.

Carlos war ein gut aussehender Mann, und ihm war bewusst, dass der schwarze Anzug seine Erscheinung als dynamischer, unternehmerischer Mann, als den ihn die Kaufmannschaft kannte, nur noch unterstrich. Doch er wollte die Feierlichkeit des Augenblicks dazu nutzen, sich beim Publikum von Mindelo nicht nur als rechtmäßiger Erbe eines ehrbaren Namens, sondern auch als die richtige Person, als Leiter der Geschicke der alten Ramires-Araújo, Lda., darstellen, die er im Traum schon als die größte Firma der Stadt sah. Und daher hatte er es auch nicht für unter seiner Würde angesehen, einen Anwalt seines Vertrauens dafür zu bezahlen, dass er ihm die Rede schrieb, mit der er einen Meilenstein zwischen das setzte, was die Firma gestern war, und dem, was er in Zukunft aus dieser Firma machen würde. Er begann daher, die vielen Gaben des Verstorbenen zu loben, sein ganz besonderes Geschick für Geschäfte, die Art, wie er ganz allein von null an eine der größten Handelsfirmen der Stadt, vielleicht sogar des Landes, geschaffen hatte. Er sprach von der Ehrlichkeit der Buchführung, der Bedeutung, die er der Genauigkeit der Buchführung beimaß, in die zwei Centavos ebenso Eingang fanden wie größere Beträge. Er sagte auch, dass es gewiss diese Genauigkeit war, die ihn dazu befähigt habe, sein Anfangskapital mehr als einmillionenmal zu vermehren. Dort am Grabe bereute er einige Enttäuschungen, die er seinem geliebten Onkel bereitet hatte und die viele der Anwesenden sicher kannten. Er persönlich fühle sich des Schicksals unwürdig, das ihn erwarte; doch der Onkel sei würdig und ehrbar gewesen, und zweifellos werde die hier anwesende Menge wissen, dass die dankbare Anerkennung der Bevölkerung der gastfreundlichen Stadt Mindelo diesem Wohltäter gelte, dessen Haus niemand mit leeren Händen verließ, sei es auch nur mit fünf Centavos, sei es mit einem Brot, sei es auch nur mit einer Zigarette. Daher wolle er an diesem geheiligten Orte für die Geste der Kaufmannsvereinigung danken, die ihre würdigen Mitglieder gebeten hatte, ihre Geschäfte zu schließen, damit alle ihre Angestellten jenen zu seiner letzten Ruhestätte geleiten konnten, der … usf.

Und nachdem er das Papier zusammengefaltet hatte, kamen alle, um ihm das Beileid auszusprechen, Mein tief empfundenes Beileid, Ich bin in diesem Schmerz in Gedanken bei dir, defilierten die Anwesenden, während zwei Männer Senhor Napumoceno mit Erde bedeckten. Während er die Beileidsbezeugungen entgegennahm, dachte Carlos darüber nach, dass es doch sehr viel einfacher und bequemer war, die Hände gleich dort auf dem Friedhof zu schütteln, den Ärger und die Umstände zu vermeiden, das Haus voller Leute zu haben, die ständig raus- und reinkamen. Dennoch hatte er unter dem Druck, den Vormittag nicht für Besuche zur Verfügung zu haben, eine Neuerung eingeführt, die die Technik des Trauerns revolutionieren sollte: Er hatte einen Raum im Haus für Beileidsbesuche vorgesehen und dort ein schwarz eingebundenes Buch und einen angemessenen Federhalter ausgelegt. So konnte jeder, der während seiner Abwesenheit kam, insbesondere in der Zeit, als er die Tonbandaufnahmen machte, seinen Namen und schwarz auf weiß, unmissverständlich eine Nachricht hinterlassen. Am Ende würde er wissen, wer sich die Ehre gegeben hatte und wer nicht.

Carlos war inzwischen müde geworden und hatte Lust, sich mit einem Glas in der Hand auszuruhen, und konnte es kaum erwarten, dass Erde seinen Onkel bedeckte, damit er endlich gehen und ein erholsames Bad nehmen konnte. Denn seitdem er die Nachricht erhalten, sich zum Haus des Onkels begeben und den Brief geöffnet hatte, den er auf dem Schreibtisch vorgefunden hatte, war ihm in dem ganzen Hin und Her keine ruhige Minute vergönnt gewesen. Neben der Musik gab es nämlich ein weiteres Problem, das alles durcheinanderbrachte und all diejenigen mit offenem Mund dastehen ließ, die den Verstorbenen gekannt, vor allem aber die, die der Eröffnung seines Testamentes beigewohnt und festgestellt hatten, wie solide seine wirtschaftliche Lage war. Als man unter den Habseligkeiten des Verstorbenen nach einer für den Sarg angemessenen Bekleidung suchte, hatte man festgestellt, dass nur ein einziger Anzug existierte, der sich zudem noch in einem unglaublich schlechten Zustand befand. Tatsächlich war der Anzug schlicht und ergreifend verschimmelt, strömte Leichengeruch aus, schien eine Ewigkeit in einem abgeschlossenen Raum zugebracht zu haben, in dem es nicht nur an Luft gefehlt hatte, sondern wo er auch den Angriffen von Küchenschaben und anderem Getier ausgesetzt gewesen war. Niemand konnte die Nachlässigkeit des Verstorbenen erklären, und es gab auch keine Zeit, um eine Erklärung zu finden, denn worauf es jetzt ankam, war, schnell eine Lösung für das Missgeschick zu finden. Auf Blatt 168 folgende seines Testaments jedoch, in dem Teil, in dem Senhor Napumoceno seine Kleidungsstücke verteilt, lieferte er die Erklärung dieser auf den ersten Blick absurd wirkenden Tatsache, indem er eingehend die Gründe dafür darlegte, weshalb er nur diesen einen Anzug besaß. Es habe, schrieb er, einen Augenblick in seinem Leben gegeben, in dem er etwas leichtfertig den Vorschlag angenommen habe, sich mit der an diesem Handelsplatz bekannten Firma Ramires & Ramires, Lda., zusammenzuschließen, um die Ramires-Araújo, Lda., zu gründen. Indes habe er sich, bevor er diesen Entschluss traf, nicht darum bemüht, die notwendigen Auskünfte über die sicherlich genauen Details zur Lage und Stabilität der Ramires' einzuholen, habe nicht nur der öffentlichen Meinung vertraut, dass Ramires stark, Ramires solide sei, Ramires Kapital und Kredit habe, sondern auch der Arroganz der Ramires', die sich in der Stadt, offen gestanden, so aufführten, als seien sie die Könige, und nicht nur im Grémio-Club mit hohen Einsätzen spielten, sondern ständig zu Abendessensgelagen in ihr Haus einluden. Kurz nachdem er den größten Fehltritt seines Lebens als Kaufmann gemacht habe, seien ihm allerdings Klagen über kleine finanzielle Schwierigkeiten seitens der Ramires' zu Ohren gekommen. Und fast routinemäßig habe er eine eingehende Untersuchung begonnen, die ihn dann in größte Unruhe versetzte, weil er habe feststellen müssen, dass den Ramires' das Wasser bis zum Hals stand, dass sie wirtschaftlich geschwächt waren und sogar ernsthaft Schwierigkeiten hatten, ihren Anteil an der neuen Gesellschaft einzuzahlen. Da sei ihm bewusst geworden, dass er nicht mit der notwendigen Sorgfalt verfahren war, als er sich mit der einfachen Zeichnung der Anteile zufriedengegeben und nicht beim Gründungsakt der Gesellschaft deren Einzahlung verlangt habe, was ihn allerdings zuerst stutzig gemacht und später sich unbehaglich habe fühlen lassen. Und er habe den Schluss daraus gezogen, dass es weder angeraten war, seine eigene, bereits starke wirtschaftliche Stellung in irgendeiner Weise durchblicken zu lassen, und noch viel weniger, sich mit ihr zu brüsten. Er habe sogar befürchtet, dass jede Art von Äußerung darüber nicht nur gegen ihn arbeiten, sondern ihm möglicherweise auch noch schaden könne. Ganz im Gegenteil, er musste seine materielle Lage vor ihnen verbergen, ihnen in Bezug auf seine Ausgaben das Bild strengster Sparsamkeit bieten, sich als jemand zeigen, der seinen Alltag zwar selbstverständlich nicht ohne das erforderliche Behagen des Magens, aber auch ohne die unsinnige Übertreibung eines täglichen Beefsteaks zubrachte. Daher beschloss er als eine der ersten Maßnahmen in dieser Richtung, die Extravaganz zweier Anzüge pro Jahr zu streichen, ein Anzug in zwei Jahren war mehr als genug für seine gesellschaftlichen Verpflichtungen. Und immer wenn ein Anzug zwei Jahre gut und ordentlich gedient hatte, entließ er ihn, schickte ihn in Rente und ordnete an, ihn auf dem Markt auf der Praça Estrela zu verkaufen.

Und an dieser Stelle sollte man noch erwähnen, dass der Markt auf der Praça Estrela im Testament des Herrn Napumoceno einer besonderen Erwähnung wert war. Er verglich ihn mit einem Mini-Flohmarkt und schrieb, dass er dort vor Jahren die Glasperlenlampe gekauft habe, um die er so beneidet wurde und die alle, die sein Haus besuchten, begehrlich ansahen, die er aber ausdrücklich seiner heimlich angebeteten Tochter, Maria da Graça, als Geschenk vermachte.

Doch was den Anzug betrifft, so erklärte er, dass er, nachdem Jahre vergangen waren und er vom Schrecken der Ramires' befreit war, diese ihm förderlich erscheinende Gewohnheit des Zweijahresanzuges beibehielt, wozu mehr Anzüge, im Grunde genommen ist es ein unnötiger Luxus in einem Land, in dem Anzug und Krawatte nur eine Hochzeit oder eine Beerdigung – und das nicht einmal bei allen diesen Veranstaltungen – bedeuteten. Nun geschah es aber, dass in der Zeit vor der Unabhängigkeit des Landes, das bisher wegen der Mäßigkeit seiner Sitten bekannt war, eine nie gesehene Welle der Kriminalität die Stadt heimsuchte, die zur Unruhe, die die schwerwiegende politische Entscheidung schon allein mit sich brachte, die noch größere Unruhe gesellte, die die fehlende Sicherheit für Menschen und Güter hervorrief. Er, Napumoceno, wolle bei dieser Gelegenheit klarstellen, dass er, trotz seiner Aufmerksamkeit und seines Interesses als guter Staatsbürger, der er stets gewesen sei, was die Unabhängigkeit betraf, keinesfalls die nicht anzuzweifelnden und ausreichenden Grundinformationen erhalten habe, die er gebraucht habe, um, seinem Gewissen folgend, eine Entscheidung zu treffen. Er habe beispielsweise festgestellt, dass jene, die eine

Föderation mit Portugal anstrebten, mit der gleichen Intoleranz vorgingen wie jene, die ihre Gegner nur ins Meer treiben wollten. In einem solchen Klima könne niemand, der bei rechtem Verstand war, seinem Gewissen folgend wählen, und daher habe er, als er sah, wie die Büsten verehrungswürdiger Personen wie die des großen Dichters José Lopes oder die von Professor Duarte Silva zerstört oder durch die Straßen der Stadt geschleift wurden, als wären die berühmten Söhne des Landes Schwerverbrecher und würden die schimpflichsten Strafen verdienen, beschlossen, sich in sein Haus zurückzuziehen, in aller Ruhe sein Testament zu schreiben und geduldig den Tod zu erwarten. Dennoch habe ihn ein Impuls, der nicht allein spiritueller, sondern sogar körperlicher Art war, eine Kraft, deren Ursprung ihm unbekannt war, die indes seine Entscheidungen bestimmte, als er die Niederschrift zur Hälfte fertig hatte, dazu gezwungen, São Nicolau, seinem Heimatort, einen letzten Besuch abzustatten, und er habe gefühlt, dass diese Kraft, die ihn trieb, stärker als er selber war, und obwohl ihn Fragen wie diese quälten, nämlich Was wird während meiner Abwesenheit mit meinem Haus geschehen?, habe er mit seinen Reisevorbereitungen begonnen. Denn er wusste, dass die Menschen am helllichten Tag überfallen wurden, dass unter der Sonne maskierte Männer gewaltsam in die Häuser eindrangen und sogar die Frauen vergewaltigten. Und was würden sie wohl mit einem Haus tun, das nicht nur einsam gelegen war, sondern auch noch leer stand! Und dennoch, trotz der Gefahr, alles zu verlieren, habe er gewusst, dass er nicht umhinkonnte, das zu tun, was ihm aufgetragen war. Und habe er beschlossen, einen einzigen Gegenstand sicher zu verwahren: seinen Anzug, der ihm einst als Totenkleidung dienen würde. Und er habe im ganzen Haus nur einen Platz dafür gesehen: die Speisekammer. Und daher habe er den

Anzug in der Speisekammer verwahrt, die Tür zugeschlossen und sei abgereist.

Doch dass die Speisekammer als Schrank gewählt wurde, verstand man erst später, als man sah, dass die Speisekammer in der Tat ein praktisch einbruchsicherer Raum war. Die Speisekammer hatte nämlich, was Senhor Napumoceno aus irgendeinem Grunde in seinem Testament nicht erklärt hatte, nach außen hin keine einzige Öffnung und war mit einer dicken, mit zwei nebeneinander befestigten Stahlplatten verstärkten Tür aus Pitchpine verschlossen. Es war wirklich ein einbruchsicherer Raum, und ebendort verwahrte Senhor Napumoceno seinen Anzug. Er hat nicht dargelegt, weshalb nur dem Anzug die Ehre der Speisekammer zuteilwurde und nicht anderen, wertvolleren Gütern. Er hatte nur angeführt, dass er für seine Verschrobenheit bekannt gewesen sei, sich nur alle zwei Jahre einen Anzug zu kaufen, was für ihn allerdings aufgrund der Tatsache, dass er außergewöhnlich groß und außergewöhnlich dünn war, viel bequemer war, da er auf dem lokalen Markt keine Konfektionskleidung fand und nicht Gefahr habe laufen wollen, mit einer Gepflogenheit zu brechen, die er im Laufe der Jahre erworben habe. Um der Wahrheit die Ehre zu geben, sei allerdings gesagt, dass die Anzüge von Senhor Napumoceno noch neuwertig waren, wenn sie zur Praça Estrela gebracht wurden, weil sie nur am Johannisfest, zu Fronleichnam oder zu Weihnachten und Neujahr zur pflichtgemäßen Begrüßung der ihm nahestehenden Menschen oder des Gouverneurs das Tageslicht sahen. Sonst nur zu einer Beerdigung oder einem Empfang.

Dennoch herrschte, als er von São Nicolau zurückkehrte, schiere Verzweiflung. Er hatte nämlich aus einem Grunde, den er bis zur letzten Seite des Testamentes nie herausfand, bevor er das Haus zwar sorgfältig, sogar mit einer Kette an der Haustür verschloss, aus einer unverzeihlichen Nachlässigkeit heraus vergessen, einen Wasserhahn abzustellen. Und als er nach Hause zurückkehrte, waren Überbleibsel der Überschwemmung noch zu sehen, große Flecken auf dem gut gebohnerten Fußboden, hier und da kleine Pfützen. Deshalb konnte er nicht zufrieden genießen, dass er all seine Güter in vollkommenem Zustand vorfand, denn er musste sogleich Dona Eduarda wieder herbestellen, damit sie für die nötigen Reinigungsmaßnahmen das Haus auf den Kopf stellte. Und so fiel ihm erst nach einigen Tagen die Speisekammer ein. Sie war immer noch voller Wasser, Säcke voll Bohnen und Mais und Kartoffeln schwammen im bereits fauligen Wasser, ein Übelkeit erregender Gestank erfüllte den Raum, der dort hängende Anzug roch, als wäre er gerade aus einem Sarg gekommen. War er auch anfangs geschockt, so meinte er schließlich, dass bei einigem Glück mit Sonne und einer Bürste und Benzin der Anzug wieder annehmbar gemacht werden könnte, und Dona Eduarda bemühte sich redlich. Doch es war alles vergebens, weil, als sie schon die Hoffnung aufgegeben hatte, die Gerüche nach faulen Kartoffeln und Bohnen, die dem Anzug entströmten, wenn nicht ganz zu entfernen, so doch zu mindern, und vorschlug, ihn einem Bad in kochendem Wasser mit Pottascheseife zu unterziehen, Senhor Napumoceno diese verrückte Möglichkeit rundheraus ablehnte und erklärte, er werde nie die Verantwortung dafür auf sich nehmen, einen gefütterten Anzug aus reinstem englischen Kammgarn in eine Seifenlauge zu stecken.

Er räumte indes ein, dass, wenn sein Körper vor dem Ablauf von zwei Jahren in die Erde wollte – und es fehlten etwa noch 18 Monate –, es durchaus einige Schwierigkeiten mit seiner Totenkleidung geben könnte. Doch er vertraute darauf, dass irgendjemand schon einen Ausweg finden würde, genauso wie er die Abwesenheit des Anzugs meisterte, indem er jedes Mal krank wurde, wenn es unausweichlich war, ihn anzuziehen.

Und tatsächlich fand Carlos einen Ausweg. Es war ein ganz besonderer Gefallen, der ihm dank Dona Eduardas erwiesen wurde, die, nachdem Dona Chica in Rente gegangen war, das Haus von Senhor Napumoceno führte und sein Büro putzte und wusste, wer die Anzüge ihres Chefs aus zweiter Hand gekauft hatte, denn sie führte auf seine ausdrückliche Anweisung ein Register mit vollem Namen und Anschrift aller, denen diese Gunst zuteilwurde. Daher sagte Carlos, als sich das Problem des Anzugs stellte, es lohne nicht, Zeit damit zu verlieren, in den Läden nach einem Anzug zu suchen, stellte sogleich fest, wo der letzte Käufer wohnte, und ließ ein entsprechendes Preisangebot machen. Doch leider hatte der letzte Käufer die Insel verlassen, um sein Glück woanders zu machen, und hatte den Anzug mitgenommen. Es gelang ihnen nur, einen Anzug zu bekommen, der schon vor acht Jahren verkauft worden war, weil die beiden späteren Käufer schon gestorben waren. Zum Glück hatte der Besitzer des vor acht Jahren ausgemusterten Anzugs diesen in Ehren gehalten, und als sie ihm den Grund erklärten, dass nämlich Senhor Napumoceno Gefahr lief, im Hemd begraben zu werden, sah er ein, dass es sich um einen Fall höherer Gewalt handelte, und meinte, er gäbe damit zwar seine eigene Totenkleidung her, überließ ihn ihnen jedoch zum Kostenpreis. Und so wurde er flugs aus den Tiefen der Truhe geholt, das Mottenpulver aus ihm geschüttelt und der Anzug zurück ins Heim gebracht, wo Dona Eduarda ihr untröstliches Weinen neben dem Bett unterbrach, ihn zwei Stunden lang bürstete, rubbelte und bügelte, bis sie fand, dass er nicht nur präsentabel, sondern auch vom Geruch nach altem Koffer befreit war. Wie sie schluchzte, als sie ihn in die Hände bekam. Selbst Carlos, der von seinen Tonbandaufnahmen zurückkam, sparte nicht an Lob, als er sah, was Dona Eduarda geleistet hatte, sagte ehrlich, der Anzug sei untadelig, des anspruchsvollsten Verstorbenen würdig, und dass sie mit einer Extraprämie rechnen solle, wenn das Durcheinander mit der Beerdigung vorbei sei. Und er trieb, was die Einkleidung des Toten betraf, zur Eile an, denn das Haus war bereits voller Leute, doch niemand wusste, wo der Leichnam war. Man sah niemanden, dem man sein Beileid aussprechen konnte, und sogar der Sargtischler blieb, als er mit einem schönen polierten Mahagonisarg mit Silberringen ankam, an der Tür stehen, weil der Tote nicht gewaschen, geschweige denn angezogen war. Das dauert stundenlang, warnte er, und setzte sich wartend hinters Lenkrad. Carlos sah ihn, wie er dort träge und rauchend saß, wusste, was jede Stunde kostete, und trieb zur Eile an. Und nachdem Senhor Napumoceno gewaschen und rasiert war, wurden ihm Anzug und Schuhe angezogen. Dona Eduarda bestand darauf, beim Anziehen der Jacke zu helfen. Zum letzten Mal, sagte sie, und rückte den Krawattenknoten zurecht, der verrutscht war. Und dann hielt Senhor Napumoceno im Sarg, ordentlich auf einige Tabletten gegen schlechte Gerüche gelegt, hinter vier riesigen Kerzen Einzug in den großen Salon und wurde auf zwei Stühlen abgesetzt. Carlos hatte anfangs daran gedacht, einen Katafalk aus dem langen Tisch im Salon aufbauen zu lassen, doch er hatte schließlich eingesehen, dass Senhor Napumoceno so viel zu hoch liegen und die Leute dazu zwingen würde, ihn mit gereckten Hälsen anzusehen, was gegen die Regeln des Anstands gegenüber Toten verstoßen hätte. Daher entschied er sich dafür, den Sarg auf zwei Stühle zu stellen, so konnten die Häupter gesenkt bleiben, und als Senhor Napumoceno in den Salon einzog, hörte das Gemurmel und Geflüster auf, und alle Anwesenden erhoben sich und gingen auf den Erben zu. Carlos, der die Tonbandspule vergessen hatte, die er immer noch in der Hand hielt, umarmte alle vorsichtig und war trotz alledem noch etwas besorgt. Denn er hatte noch kein leistungsfähiges Tonbandgerät auftreiben können, seines war zu schwach, noch sah er die Luft nicht von den feierlichen Akkorden des Trauermarsches erzittern. Eine verrückte Idee vom Alten, dachte er. Der war immer schon nicht ganz dicht, und dies ist der Beweis.

Auf zwei Stühlen nahm Senhor Napumoceno die Ehrenbezeugungen seiner Landsleute und Kollegen entgegen. Die Leitung des Vereins der Kaufleute war komplett erschienen, und es war ja bereits mitgeteilt worden, dass der Vorsitzende seine verehrten Mitglieder gebeten hatte, die Geschäfte von 16 bis 18 Uhr zu schließen, damit alle dem illustren Mitbruder die Ehre erweisen könnten, der über 40 Jahre lang sein Bestes für die Entwicklung der Stadt gegeben, die ihn einst adoptierte und die er wie eine geliebte Mutter behandelt hatte.

Die Beerdigung von Senhor Napumoceno war grandios, nicht nur weil eine offizielle Delegation eigens aus der Hauptstadt Praia gekommen war, sondern auch wegen der Vielzahl von Privatwagen und Taxis, die den Beerdigungszug begleiteten. Zudem war ausgerechnet zu diesem Zeitpunkt gerade der neue Wagen des Beerdigungsinstituts von Mindelo praktisch wie neu von einer Grundüberholung aus Lissabon zurückgekommen, sodass man sagen konnte, dass Senhor Napumoceno ihn einweihte. Und in der Tat gab der riesige dunkelblaue, von innen vollkommen erneuerte Wagen mit seinem gedrosselten Motor und seinem Originalauspuff der Zeremonie einen Anstrich stiller Würde, die erlaubte, dass das riesige Tonbandgerät gut zu hören war, das Carlos von Leuten auf ihren Schultern tragen ließ und das geschickterweise gleich hinter dem Wagen folgte.

Und nachdem die üblichen fünf Tage verstrichen waren, die er dazu nutzte, sich um das Büro zu kümmern und die ihm am notwendigsten erscheinenden Maßnahmen zu treffen, begab sich Carlos, in tiefstes Schwarz gekleidet, mit einer schwarzen Lederaktentasche zum Notar zur feierlichen Eröffnung des von Senhor Napumoceno da Silva Araújo eigenhändig verfassten Testamentes. Und in Anwesenheit der zwei Zeugen bescheinigte der Notar, dass es sich um denselben Umschlag handele, den er zehn Jahre zuvor versiegelt habe, genauer gesagt, am 30.11.1974, dem Datum, an dem er sich auf Bitten de cujus zum Wohnsitz desselben begeben habe, um dessen Testament zu genehmigen. Weiterhin beglaubigte er mit einer eigenen Urkunde, dass der besagte Umschlag keine Anzeichen von Verfälschung aufweise und dass die Siegel aus Siegellack sich in unbeschädigtem Zustand befänden. Und dann schritt er zur Eröffnung des auf 387 Blättern linierten Kanzleipapiers geschriebenen Testamentes, dessen erste 379 Blätter mit der Maschine und die restlichen mit der Hand und mit fälschungssicherer Tinte geschrieben worden waren.

3

Man hätte erwartet, dass ein so pingeliger Mann wie Senhor Napumoceno in seinem Testament sogleich und detailliert die Gründe dafür angeführt hätte, die ihn dazu bewogen hatten, seinem Neffen, der von der ganzen Stadt für den einzigen und universellen Erben gehalten wurde, nur das alte Gemäuer in Mato Inglês zu hinterlassen, das, obwohl es sich in verwahrlostem Zustand befand, in Zukunft, wie er versicherte, gut ein paar Hunderttausend Escudos wert sein werde. Doch auch darin hatte sich der lüsterne Alte laut Carlos als ein mit allen Wassern gewaschener Betrüger erwiesen. Zuerst einmal war da die Geschichte mit dem Testament, das er schon zehn Jahre vor seinem Tode geschrieben haben wollte, dann dieses Märchen mit seinem Anzug. Vielleicht ist ja in diesem alten Haus ein Anzug versteckt, sagte Carlos zu Graça einige Zeit später, als sich der Schmerz darüber, übergangen worden zu sein, gelegt hatte. Denn sieh mal, wenn das Testament wirklich von 1974 ist und er zweifellos '84 gestorben ist, heißt das, dass er in der Zeit von '74 bis '84 selbst bei einem Anzug alle zwei Jahre noch weitere fünf gehabt haben muss. Also ...

Aber auch Dona Eduarda konnte nicht erklären, wieso es keinen Anzug gab, worauf Graça meinte, der Alte habe sich womöglich bereits 1974 für gestorben gehalten und sich daher nicht weiter um Kleiderfragen gekümmert. Doch was Carlos richtig ärgerte, war, dass der alte Lustmolch (Graça lachte über diese an einen Verstorbenen gerichteten Schimpfworte) in seinem Fall darauf bestanden habe, dass er sich mit Nachdruck ernsthafter und produktiver Arbeit widmen und entweder ihn, Napumoceno, oder andere verdienstvolle Personen dieses Ortes zum Vorbild nehmen solle, denen das ersprießliche Prinzip harter Arbeit, das sie befolgt hatten, nicht nur ein ansehnliches Vermögen, sondern auch den Respekt, die Hochachtung, ja sogar den Neid der Stadt eingebracht hätten. Er bat Carlos, sein Augenmerk vor allem auf alles zu richten, was mit der persönlichen Ordnung und Disziplin zu tun habe, und sagte ihm, dass ein Mann auch noch so beharrlich und hart arbeiten könne, ihm dies aber nichts nützen würde, wenn er nicht ordentlich und diszipliniert sei.

Und in der Tat war allen, die Zugang zu seinem Testament hatten, als Erstes Senhor Napumocenos äußerst methodische, ordentliche Geisteshaltung aufgefallen. So hatte er beispielsweise in dem Teil, der seine Güter betraf, eine ausführliche, peinlich genaue und unerbittliche Aufstellung all dessen gemacht, was er an beweglichen Gütern und Immobilien besaß, seinen Besitz auf Heller und Pfennig genau aufgelistet und gesagt, dass dieser nicht nur deshalb nicht noch umfangreicher war, weil die beunruhigenden Ereignisse auf der Welt Besitz zu etwas Unsicherem machten, sondern auch weil sein weißes Haar ihm gezeigt habe, dass es außer dem Reichtum andere Werte gebe, die der Mensch ebenso beharrlich verfolgen müsse. Dennoch zählte er, mit den höheren Werten beginnend, alles auf, was ihm etwas Geld wert zu sein schien, vergaß dabei nicht einmal zwei alte, längst ausrangierte Teppiche, die in der Abstellkammer lagen, und drei Holzleitern, die über dem Eingang zur Speisekammer zu finden seien, wobei der einen fünf Sprossen fehlten und die anderen beiden leider ein paar bedeutendere Reparaturen brauchten, deren relativen Wert er dennoch nicht gemindert habe. Er erwähnte ebenfalls einen Pappkarton auf dem Kleiderschrank, der drei Paar von seiner letzten Reise aus Lissabon mitgebrachte, fast neue Schuhe enthielt, die jedoch den Nachteil hätten, ihm an einem Hühnerauge Schmerzen zu bereiten, das er bekommen hatte, als er Laufbursche bei Miller & Corys gewesen sei. Er gab dennoch den Wert der Leitern mit 800$00 und den der Schuhe, die ebenso gut noch verkauft werden könnten, mit 160$00 pro Paar an. Und so kam Senhor Napumoceno von Summe zu Summe, vom Wert der Kleidung, Bücher, Kostbarkeiten, über Schmuck, Gebäude und andere kleinere Werte dazu, sein Gesamtvermögen auf insgesamt 67 380 547$00 zu veranschlagen.

Er sagte jedoch, dass er es, bevor zur Verteilung seiner Habe geschritten werde, für notwendig erachte, bestimmte Passagen seines Lebens darzulegen, jene Schritte, die für meine Bildung als Mann einschneidend waren und irgendwie mein Schicksal auf die eine oder andere Art beeinflusst haben. Und es ist gewiss nicht unangebracht, wenn ich damit beginne, über meinen Neffen Carlos Araújo zu sprechen, dem ich, obwohl ich bei dieser Amtshandlung anerkenne, der Erzeuger eines hübschen 15-jährigen Mädchens zu sein, im Prinzip ohne Weiteres eine ordentliche Scheibe von diesem Kuchen hätte abgeben können, zumal er sich ja bereits die Hände reibt, weil er glaubt, alles werde ihm gehören, weil er wie immer schon nichts von dem begriffen hat, was über die Firma hinausging und den Mann betraf, der den Vorsitz über das Schicksal der Araújo, Lda., hatte. Doch Carlos hat sich als undankbarer Verwandter herausgestellt, und als Ehrenmann, der ich bin und immer war, habe ich die moralische Pflicht, ihm niemals zu verzeihen. Doch andererseits und weil ich dazu gezwungen bin, eine Pflicht buchstabengetreu zu erfüllen, die unter finanziell engeren Umständen nicht nur schmerzlich, sondern sogar bis zu einem gewissen Grade rechtlich unmöglich wäre, habe ich heute den enormen Vorteil, ein uneheliches Kind zu besitzen, das, sofern man die Bedingung erfüllt, es heimlich zu lieben, den besonderen Vorteil hat, unsere Würde nicht zu stören, und bei dem man nicht die Gefahr läuft, das eigene Gefühl persönlichen Stolzes bröckeln zu sehen, da man ganz für sich allein den süßen Schauder des Genusses zu lieben fühlt, während es von diesem Gefühl nichts weiß und es nicht vertiefen kann. Nun sind die Gründe für meinen Groll, der mich gegen meinen Neffen einnimmt, nicht nur schwerwiegend, sondern sie betreffen zudem noch eine interne Familienstruktur, die von einer Handlung infrage gestellt wurde, die er sehr wohl kennt und die ich daher, auch wenn weniger tief empfindende Menschen sie unüberlegt nennen würden, nur boshaft nennen kann. Denn mein Neffe hat die Pflicht, nicht zu vergessen, dass er, wenn er heute jemand ist, dies nur der Tatsache zu verdanken hat, dass ich mich darum gekümmert habe, ihn für das Leben mit den Werkzeugen zu versehen, die ich mir aufgrund harter Erfahrungen zu eigen gemacht habe. Denn meiner Meinung nach führt der Weg zum gesellschaftlichen Aufstieg für die Kinder armer Leute ausschließlich über eine gute Schulbildung, ich weiß aus eigener Erfahrung, dass es nach der Grundschule noch weitere fünf Schuljahre braucht, um einen jungen Menschen aus dem Elend zu holen, hier oder in Afrika, wo es an Posten für einen Niederlassungschef oder auch an vorteilhaften Bankanstellungen nicht mangelt. Daher habe ich mich, kaum dass er bei mir angekommen war, darum gekümmert, ihn aufs Gymnasium zu schicken. Heute sehe ich ein, dass dies reine Zeit- und Geldverschwendung war, er hat keinen Kopf für Geisteswissenschaften, fünf Jahre lang hat er nichts anderes gemacht, als den Unterricht zu schwänzen, und hat dann mit einem einfachen Hauptschulabschluss die Schule verlassen. Und wenn man dem noch die sechs Monate hinzufügt, die er in Portugal verbracht hat, um eine Tonsillentuberkulose auszukurieren, die er aus São Nicolau mitgebracht hat und die, nach einer Inkubationszeit von mehreren Jahren, plötzlich heftig ausgebrochen war, wie es für sie charakteristisch ist, und mich dadurch zwang, ihn als Notfall mit der *Alfredo da Silva* zu verschiffen, dann hat man eine Vorstellung von dem, was er mir schuldet, was er mir indes so übel heimgezahlt hat.

Es wäre falsch zu behaupten, dass Senhor Napumoceno nicht mit einer gewissen Zärtlichkeit von Carlos sprach, obwohl es der Wahrheit entsprach, dass er von ihm beleidigt worden war, was er jedoch im ganzen Testament in Einzelheiten zu erzählen vermied, als würde er zwar begründen wollen, weshalb dessen Erbe so klein ausfiel, aber gleichzeitig etwas Intimes für sich behalten wollte, das auszusprechen ihm Schmerzen bereiten würde. So erzählte er von seiner Entscheidung, Carlos arbeiten zu lassen, da er den Büchern abhold war. Er dachte, Carlos müsse, sei er nun brauchbar oder nicht, essen und sich kleiden, und daher verschaffte er ihm eine Arbeit als Laufbursche bei der Firma Carvalho, Lda. Vielleicht würde ja der Einfluss bereits erwachsener Menschen in ihm Ernsthaftigkeit und Verantwortungsbewusstsein dem Leben und sich selbst gegenüber wecken.

Nun muss aber, um der Wahrheit die Ehre zu geben, gesagt werden, dass sich Carlos trotz seiner schweren Mängel in der Firma Carvalho, Lda., als jemand erwies, der für einen Jungen seines Alters ungeahnte Qualitäten besaß, auf die er, Napumoceno, sehr stolz war, insbesondere auch weil er es gewesen war, der sich mit seinem Namen bei der Firma Carvalho, Lda., verbürgt hatte. Denn Carlos zeigte sofort, dass er einen unübertroffenen kaufmännischen Spürsinn hatte, eine ganz besondere Geschicklichkeit, die Kundschaft für sich einzunehmen und zu gewinnen, und so kam es, dass ihm gleich im ersten Jahr, in dem er als Verkäufer arbeitete, vom Verein der Kaufleute einstimmig und nach vorheriger Befragung der Leute der Preis des Verkäufers des Jahres verliehen wurde, denn es hatte sich erwiesen, dass niemand, der über die Schwelle von Carvalho trat und auf Carlos am Ladentisch getroffen war, dort mit leeren Händen herauskam, ohne ein Hemd, ein Kleid, irgendeinen Kleinkram zu kaufen, vielleicht auch nur, um diesem wirklich reizenden, lächelnden, zu Scherzen aufgelegten Jungen zu gefallen. Er, Napumoceno, freute sich zu erfahren, dass Carlos aufgrund eigener Meriten und nicht aufgrund seines Paten oder der Geschäftsfreundschaft gleich nach der Verleihung des Preises zu Recht zum Verkäufer 1. Kategorie befördert wurde, was ihm wegen des besseren Gehalts größeren Wohlstand und somit nicht nur ein besseres Leben, sondern auch einiges gesellschaftliches Ansehen einbrachte. Obwohl er immer einräumte, dass in seiner Familie schon seit Generationen eine gewisse Neigung zu Geschäften im Blut lag. Er war sogar überzeugt davon, unter seinen Vorfahren Juden zu haben, er erinnerte sich noch ganz genau an seinen Großvater, der mit Honig versetzten Kautabak verkaufte, einmal ganz zu schweigen von seinem Vater, der sein täglich Brot damit verdiente, dass er hinter dem Ladentisch eines Dorfladens gestanden hatte. Und wenn es auch stimmte, dass Napumoceno der Einzige war, der durch den Handel reich geworden war, so konnte man nicht sagen, dass seine Vorfahren dem Schicksal entgangen waren, ihren Lebensunterhalt in ebendieser Branche zu verdienen.

Doch als er nun einsah, welchen Wert dieses Familienmitglied besaß, fand er es nur gerecht, Carlos an der Blüte der Firma teilhaben zu lassen, die im Grund ja nichts als ein Resümee der Altvordern der Araújo war, zudem schuldete Carlos ihnen fünf Jahre Faulenzen auf dem Gymnasium und sechs Monate Flanieren in Lissabon, denn am Herumflanieren hatte ihn seine Tonsillentuberkulose nie gehindert. Also nutzte er ein Weihnachtsfest und lud den Neffen zum Festessen mit eigens zu diesem Zwecke bestelltem Truthahn ein.

Senhor Napumoceno hat dieses Weihnachtsfest ausführlich und detailreich beschrieben, das in seiner Residenz in Alto Mira-Mar stattfand und an dem er die Ehre hatte, auserlesene, illustre Freunde zu empfangen, als da waren Dr. Sousa und seine verehrungswürdige Gattin. Er hatte es schon lange immer wieder aufgeschoben, diese seine lieben Freunde einzuladen, damit sie seine »Hütte« kennenlernten, doch im Oktober jenes Jahres, während eines Besuches bei dieser rechtschaffenen Familie, hatte ihn Dona Rosa lächelnd beschuldigt, ein undankbarer Mensch zu sein, Können Sie uns denn nicht einmal einladen, damit wir Ihr Haus kennenlernen, es sieht so aus, als hätten Sie Angst, wir könnten Sie beneiden! So ließ er angesichts dieser Einleitung, bescheiden lächelnd und auch mit einer gewissen Zurückhaltung, seinen Gefühlen freien Lauf, indem er sagte, dass die Freundschaft von Dona Rosa und des verdienstvollen Dr. Sousa zu den Dingen gehörte, die er auf der Welt am meisten schätze, für ihn seien sie wie enge Familienmitglieder, ja, er könne, ohne Gefahr zu laufen, ein Lügner genannt zu werden, behaupten, dass sie für ihn seine Familie in São Vicente seien. Daher, und weil es gerade recht kam, möchte er sie bitten, ihm die ganz besondere Ehre zu erweisen, seine Einladung zum Weihnachtsessen in seinem einfachen Häuschen in Alto Mira-Mar anzunehmen. Dr. Sousa erinnerte sich noch daran, dass sie herzlich über diese lange Rede gelacht hatten, die, wie er meinte, auf den Punkt gebracht, Essen Sie mit mir an Weihnachten, hätte lauten können. Doch er sagte dann, es würde sie sehr freuen, eine Einladung zu einem Abendessen anzunehmen, das in drei Monaten stattfinden würde. Wahrscheinlich hast du sogar schon die Uhrzeit festgelegt und alles, fügte er hinzu, worauf Senhor Napumoceno bescheiden lächelnd sagte, aber ja doch, es findet um dreiundzwanzig Uhr statt, doch es wäre mir ein Vergnügen, Sie mit meinem Wagen um zweiundzwanzig Uhr abzuholen. Senhor Napumoceno erwartete keinen Protest von Dona Rosa, und es kam auch keiner. Ganz im Gegenteil erklärte sie begeistert, dass ein Familienfest im eigenen oder fremden Hause das Schönste sei, vielleicht sogar noch schöner, und gab ihre Zustimmung. Und so begann Senhor Napumoceno sofort, sich um alles Notwendige zu kümmern, es war nämlich das erste wirkliche Weihnachtsessen in seinem ganzen Leben und in seinem Hause und dazu noch mit der freundschaftlichen Anwesenheit so illustrer Personen, und daher bestellte er telegrafisch Stockfisch, Truthahn, Feigen, Rosinen und andere weihnachtliche Leckereien in Lissabon und vergaß auch nicht das Olivenöl, denn wenn es auch zutrifft, dass es diese Dinge alle auf dem Markt und direkt vor der Haustür zu kaufen gibt, wer sagt einem denn, dass es sie gerade in diesem Jahr gibt?

Senhor Napumoceno beschloss erst im letzten Augenblick, Carlos auch zu diesem Weihnachtsessen einzuladen. Trotz aller Enttäuschungen, die er ihm bereitet hatte, war er doch ein Mitglied der Familie, er war bereits ein Jüngling, fast ein richtiger Mann, zudem hatte er den Vorzug, nicht dumm zu sein. Und in der Tat hat es ihm nicht leidgetan, im Gegenteil, er freute sich am Neffen, der ihm bei diesen illustren Gästen keine Schande machte. Während er, Napumoceno, und Dr.

Sousa, wie es jener Nacht entsprach, einen dunklen Anzug mit Weste trugen, präsentierte sich Carlos mit einem landesüblichen ungefütterten Anzug in Blau und einem weißen Hemd. Er begrüßte Dr. Sousa mit einem offenen Handschlag und einem Sehr erfreut, Herr Doktor!, wandte sich dann an Dona Rosa, küsste ihr elegant die Hand und sagte dazu, Es ist mir eine Ehre, gnädige Frau!, Worte, die Senhor Napumoceno sehr gefielen und ihm letztlich zeigten, dass, von den Schulgeschichten einmal abgesehen, Carlos sehr wohl verdiente, den Namen der Araújos zu tragen.

Einige Einzelheiten des Weihnachtsessens waren es wert, auf den Seiten des Testamentes von Senhor Napumoceno verzeichnet zu werden, insbesondere und in aller Länge die Witze, die Dr. Sousa nach dem Stockfisch erzählte, als er den riesigen goldbraunen Truthahn in der Schüssel sah und meinte, er müsse seinen Gürtel lockern, denn es habe den Anschein, als wolle Araújo sie mästen. Und er gab dann an dieser Stelle einen Witz wieder, den der Herr Doktor erzählt hatte, demzufolge in der Weihnachtsnacht 1961 zwei Leutchen festgenommen wurden, weil sie betrunken auf der Straße aufgegriffen worden waren, wo sie lauthals Vivat Nehru geschrien hatten. Mehr als 40 Tage waren sie in Einzelhaft, sie wollten wissen, weshalb sie im Gefängnis saßen, doch niemand konnte ihnen eine Antwort geben, sie waren politische Gefangene, von der PIDE, der Staatssicherheitspolizei, festgenommen, sie begriffen nicht, warum sie politische Gefangene sein sollten, bis sie bei der PIDE vorgeführt und gefragt wurden, was sie von Nehru wüssten, sie wussten nicht, wer Nehru war. Man fragte sie dann, weshalb sie in der Weihnachtsnacht Vivat Nehru geschrien hätten, und es war gar nicht einfach für sie, klarzumachen, dass sie ein Hoch auf den perú, den Truthahn, gerufen hätten und nicht auf

Nehru. Senhor Napumoceno gestand zudem, dass er an diesem Weihnachtsessen nie da gewesene Emotionen durchlebt habe, insbesondere als der Doktor seinen guten Geschmack bei der Auswahl der Weine lobte, und er habe eine flüchtige Träne nicht zurückhalten können, als Dr. Sousa beim Champagner sein Glas erhob, um auf sein Wohl und das dieser hier anwesenden jungen Menschen anzustoßen. Ich hebe dieses Glas voller Freude und Hoffnung. Silva Araújo zeigt, dass es in diesem Land wahre Männer gibt und solche, die Mut haben, und Männer wie Araújo, die brauchen wir, damit unser Volk sein Haupt erhebt. Ich habe schon immer gedacht, dass sich Männer selbst machen, und Araújo hat bewiesen, dass ich recht hatte. Ich trinke auf dein Wohl und viel Glück.

Senhor Napumoceno dankte den Worten Dr. Sousas mit einem Kloß im Hals und zitterndem Glas aus echtem französischen Kristall in der Hand. Er sagte, er sei diese Art Reden nicht gewohnt, alle wüssten ja, was sein Gebiet sei, doch er könne nicht umhin, noch einmal an die gute Freundschaft des Herrn Doktor und seiner sehr verehrten Senhora Dona Rosa zu erinnern, und er wolle, dass sein hier anwesender Neffe, der in Zukunft der Araújo, Lda., angehören werde, wisse, wie viel er den hier Anwesenden verdanke, an Freundschaft und Anregung, an Trost und moralischer Unterstützung, wenn er Worte gebraucht hatte, um sich Mut zu machen …

Carlos bekam als Neujahrsgeschenk einen Umschlag, der die Schlüssel eines Metallschreibtisches enthielt, an dem er von jenem Tag an in der Firma Araújo, Lda., sitzen würde. Und fünf Jahre lang saß er klug und zum Nutzen der Firma auf diesem Stuhl. Er schien seine Arbeit zu lieben, obwohl er den Eindruck vermittelte, nie etwas zu tun zu haben, und jederzeit für ein fröhliches Lachen zu haben war. Nun muss aber auch gesagt werden, dass die Arbeit sehr, sehr einfach war, ohne zu viel Bürokratie. Senhor Napumoceno arbeitete nach dem System Einkauf-Verkauf-Gewinn, keine Kasse, kein Hauptbuch und keine anderen außer den wirklich notwendigen Kinkerlitzchen. Und ganz allmählich übernahm Carlos die Firma, kontrollierte direkt den Import, verkaufte vom Büro aus die Waren, die sich noch an Bord der Schiffe befanden, und übertrug so anderen Kaufleuten den Besitz an ganzen Partien Reis, Zucker oder Mais, wobei er dem zögerlichen Onkel zeigte, dass sie auf diese Weise gewinnbringend die Waren und zugleich auch den ganzen Ärger mit dem Zoll wegen fehlender Dokumente und Papiere und anderen Verdruss verkauften.

Senhors Napumocenos unbedingte Ehrlichkeit ließ ihn im Testament anerkennen, dass es zweifellos Carlos gewesen war, der den Importen der Firma Anstöße gegeben und sie zudem noch diversifiziert hatte, indem er bislang auf dem lokalen Markt unbekannte Waren hinzunahm, deren Absatz sich sogleich als gesichert erwiesen hatte. Selbstverständlich muss die Araújo mit ihrem Reis, mit ihrem Zucker und mit ihren Schmalzdosen weitermachen, aber, mein lieber Onkel, die Welt hat sich verändert, die Stadt hat andere Bedürfnisse, und das muss man ausnützen, nicht einfach so kleinklein weitermachen. Ich finde zum Beispiel, dass es dumm ist, weiter auf dem Export von Färberflechte und Ziegenhäuten zu bestehen. Natürlich sind Sie ein persönlicher Freund von Ben'Oliel, aber das sind Sie, Senhor Napumoceno. Die Firma Araújo ist etwas anderes, und sie hat ihre eigenen Interessen, die häufig ganz andere sein können als die Ihrer Geschäftspartner. Denn sehen Sie: Was verdienen wir am Export von Färberflechte und Ziegenhäuten? Der Gewinn ist lächerlich und wiegt den Ärger nicht auf. Es wäre viel besser, wir würden auf den Import setzen, uns auf sechs oder acht bekannte Markenprodukte mit Garantie spezialisieren, denn dann hat jemand, der bei der Firma Araújo eine Kiste Whisky oder Gin oder einen Sack Reis kauft, immer die Gewissheit, dass er ein hochwertiges Produkt kauft. Schließlich ist nichts besser, als die Solidität der Firma mit einem guten Markennamen zu verbinden.

Er sagte außerdem noch, dass Carlos ihn, weil er sich um andere Dinge und der damit zusammenhängenden Verantwortung Gedanken machte, auf etwas hätte hinweisen müssen, nämlich dass er einmal auf den Niedergang der Stadt achten solle, der sich Tag für Tag vollzog, dass es in der Bucht bereits kaum noch Warenumschlag gebe, die Schiffe besser ausgerüstete Häfen anliefen. Und welchem Markt können wir unter diesen Voraussetzungen dann noch nützen? Das Militär selbstverständlich. Denn hier sind mehr als 1500 Männer, die essen, trinken, rauchen müssen. Und gegen eine kleine Kommission verspricht der für die Verpflegung zuständige Offizier, alles bei uns zu kaufen.

Obwohl er zufrieden war, weil er die Geschäftsvisionen seines Neffen bestätigt sah, versuchte er dennoch, dessen jugendlichen Eifer zu bremsen. Langsam, Junge, langsam. Ich gebe ja zu, dass du in einigen Dingen recht hast, doch denk an das Alter, die Erfahrung, und vergiss nie, dass ein einmal gegebenes Wort heilig ist. Darin liegt die größte Solidität, die größte Ehrbarkeit. Ich muss mit Bedauern feststellen, dass die Jugend diese Werte nur wenig schätzt, doch du darfst sie nie vergessen, denn sie sind die festesten Grundpfeiler jedweder organisierten Gesellschaft. Du kennst ja die Abmachung, die ich mit der Ben'Oliel aus Boa Vista habe, nämlich die gesamte Färberflechte und alle Häute abzunehmen, die sie aufkaufen. Daher kann ich ihnen nicht von heute auf morgen sagen, es tut mir sehr leid, aber von nun an importiere ich nur noch, ich habe den Export aufgegeben. Und die Tatsache, dass es sich nur um eine mündliche Abmachung handelt, nimmt ihr nichts von ihrer Kraft, im Gegenteil, diese Abmachung in Ehren zu halten bedeutet, das gegebene Wort in Ehren zu halten, einen Wert, der auszusterben droht.

Doch er sah ein, dass Carlos recht hatte. Warum sollte er eigentlich weiterhin zwei oder drei Tonnen Ziegenhäute minderer Qualität oder 500 Kilo Färberflechte kaufen, von denen die Importeure sagten, sie erhielten mehr Kies als sonst was, und letztlich denselben Ärger brachten wie 100 oder 200 Tonnen, aber einen Gewinn, der kaum für die Zigarren reichte? Er beschloss dennoch, nicht gefühllos vorzugehen, denn schließlich hatte er viele Jahre lang fruchtbare Geschäfte mit einer Firma gemacht, die zwar klein war, aber dennoch die größte Hochachtung verdiente. Außerdem sollte man Carlos nicht zu viel Narrenfreiheit geben, denn er könnte denken, dass alle seine Vorschläge ohne Abstriche übernommen werden, und schließlich darauf verfallen, ganz nach Laune Anweisungen zu geben. Daher schrieb die Firma Araújo, Lda., Largo da Salina Nr. 25, einen hochachtungsvollen Brief an die Casa Ben'Oliel, Vila de Sal-Rei, Boa Vista, Sehr geehrter Herr, hiermit bestätigen wir, 1200 kg Ziegenhäute und 500 kg Färberflechte in unseren Lagern erhalten zu haben, die jedoch leider in unannehmbarem Zustand hier angekommen sind, was sicher auf die lange Reise der Segelschiffe zurückzuführen ist und auf die mangelhafte Lagerung während der Fahrt. Leider sind die Mengen, selbst wenn die Ware in gutem Zustand gewesen wäre, zu klein, um die Mühen eines Exports zu rechtfertigen, zumal unsere Kunden sich auch immer wieder über die schlechte Qualität der Produkte beklagen, die wir ihnen geliefert haben. Daher hat unsere Firma nur aus Gründen der geschäftlichen Freundschaft seit einiger Zeit aufgrund der steigenden Ansprüche ihrer Importkunden einen beträchtlichen Verlust in diesem Geschäftsbereich hinnehmen müssen. Das ist der Grund, weshalb statt des gebräuchlichen Kontenausgleichs, den wir bislang durchführten, unsere Firma, wie es auch in der Vergangenheit der Fall war, in Zukunft zwar, die Produkte ihres Imports betreffend, weiterhin damit rechnet, von der Firma Ben'Oliel bevorzugt zu werden, sich jedoch gezwungen sieht, die Aufträge mit für 60 Tage gewährten Krediten zu buchen, um die Verluste zu mindern, die für beide Teile aus dieser Entscheidung erwachsen könnten. In der Hoffnung auf Ihr Verständnis zeichne ich hochachtungsvoll.

Carlos erfuhr nie, dass dieser Brief geschickt wurde, und Maria da Graça fand ihn erst viele Jahre später im Nachlass des Senhor Napumoceno. Dennoch bemerkte Carlos, dass seine Vorschläge immer häufiger umgesetzt wurden, wenn auch mit kleinen Abweichungen, die ihnen den Anschein gaben, auf Senhor Napumocenos Mist gewachsen zu sein. Es passierte im Übrigen häufig, dass Senhor Napumoceno ihn rief und ihm sagte, er sei aufgrund dieser oder jener Anspielung von Carlos nachts auf diesen oder jenen Gedanken gekommen, der ihm überlegenswert erschienen sei. Carlos stimmte zu, meinte sogar, der Onkel sei brillant, und fügte hinzu, dass die Nacht zweifelsohne eine gute Ratgeberin sei. In seinem Testament gab Senhor Napumoceno jedoch zu, dass er sich der Ideen seines Neffen bemächtigte, als wären es seine eigenen, und er rechtfertigte sich damit, dass man, offen gestanden, wirklich sagen könnte, sie gehörten ihm, denn Carlos habe sie ja nur gehabt, weil er ihn in die Schule und später nach Lissabon geschickt habe, und es sei ja sogar er, Napumoceno, gewesen, der ihm eine Anstellung in der

Firma Carvalho und keiner anderen besorgt habe. Daher handele es sich bei den Ideen seines Neffen um nichts anderes als die normale Entwicklung eines gut investierten Kapitals, und aus diesem Grunde könne er sich als legitimer Eigentümer jeder positiven Manifestation ansehen, die diesem Kopf entsprang.

Doch ganz allmählich hatte Carlos die Zügel des Geschäfts in die Hände genommen und konsultierte seinen Onkel nur aus Zartgefühl oder aufgrund der Aufteilung der Verantwortlichkeiten. Senhor Napumoceno seinerseits bemerkte, dass er mehr Zeit zur Verfügung hatte, er wurde nicht mehr gerufen, um kleine Probleme zu lösen, und konnte sich daher Tätigkeiten widmen, die er schon immer geliebt, für die er indes noch nie Zeit übrig gehabt hatte. Und seinem Testament zufolge begann er in dieser Zeit, sich für die Weltpolitik zu interessieren, und hörte vier Jahre lang viermal am Tag die internationalen Nachrichten. Und da er den Ursprung und die Entwicklung des Zweiten Weltkrieges nicht richtig verfolgt hatte, bestellte er sich aus Lissabon alle Veröffentlichungen zu diesem Thema, von der einfachen Kriegsreportage bis hin zu anderen, tiefer gehenden Analysen. Er sagte, er habe in seiner Bibliothek 23 Bücher über diese unglücklichen Jahre, eine Mappe mit 146 Zeitungsausschnitten und vier Bücher mit Reportagen direkt vom Schlachtfeld hinterlassen, wofür er einen Wert von 35 500$00 errechnet habe. Er sagte außerdem, dass er, da ihm die Geografie immer durcheinandergerate, stets mit dem Globus in der Hand die Angriffe und Rückzüge der Truppen verfolgt habe, obwohl ganz gewiss sei, dass er nie fähig gewesen wäre, diese Gewalt zu begreifen, denn er, der als Kind der Inseln und aus diesem Grunde von Natur aus friedlich sei, würde bereits eine Gänsehaut bekommen, wenn er nur einen Polizisten mit dem Schlagstock in der Hand sehe, er würde diese Monstrosität nie begreifen. Selbstverständlich habe er, Napumoceno, von seinem Charakter und von seiner sozialen Stellung her ein einfacher Mann, niemals danach streben können, die Unordnung auf dem Planeten zu ändern. Doch auf diesem armen, indes geliebten Stück Erde wolle er mit allen seinen Kräften dazu beitragen, dass das Reich der Harmonie und des Friedens und, wer weiß, vielleicht auch des Wohlstandes zu den Elenden gelange.

Das sei im Übrigen der Grund dafür gewesen, dass er sich dazu entschlossen habe, sich zum Mitglied des Stadtrates von São Vicente wählen zu lassen. Denn anders als seine Verleumder behaupteten, von denen er wisse, dass sie ihn eine falsche Schlange und einen Mann ohne Rückgrat nannten, habe er nie Macht oder Beifall angestrebt, und wenn es auch stimme, dass er eine Zeit lang gern Vorsitzender des Stadtrates geworden wäre, so sei das nicht allein wegen des sozialen Ansehens dieses Amtes, um das er durchaus wisse, sondern wegen all dessen, was er sich für die Seinen zu tun in der Lage gesehen habe. Im Übrigen sei der größte Schmerz seines Lebens der gewesen zu wissen, dass eben der Regen, der sein Glück gemacht habe, auch zig seiner Landsleute getötet habe, die ihrem Schicksal überlassen gewesen seien. Und deshalb fühlte er sich in die Pflicht genommen, dieses Amt anzustreben, wenngleich das damals herrschende Durcheinander ihm keinesfalls vielversprechend vorgekommen sei, insbesondere da niemand mehr gewusst habe, wer im Wirrwarr der politischen Entwicklung wer sei. Tatsächlich habe er, Napumoceno, erlebt, wie überzeugte und einflussreiche Mitglieder der União Nacional zu den Kräften der PAIGC überliefen, und es habe ihn besonders verwirrt, mit ansehen zu müssen, wie Männer, die gestern noch gerufen hatten, Portugal ist eins von Minho bis nach Timor, heute noch lauter schrien, Unabhängigkeit ist ein Völkerrecht, Referendum nein, Föderation nein, keine anderen Parteien, einzig die PAIGC ist die Kraft, das Licht und die Führerin unseres Volkes. Und obgleich sein Lebensprinzip gewesen sei, dass kein Mensch das Recht habe, sich für neutral zu erklären, habe er dieses Mal Schwierigkeiten, Position zu beziehen, insbesondere da er nicht über alle Informationen darüber verfüge, was tatsächlich geschah. Denn gleich Anfang Mai jenes Jahres habe ihn eine Deputation von Kaufleuten angesprochen, die entschlossen waren, in Cabo Verde politisch tätig zu werden. Er habe die Argumente, die sie ihm vortrugen, analysiert und eingeräumt, dass sie in der Tat keineswegs töricht seien. Sie erklärten, dass es notwendig sei, eine Kraft zu schaffen, die sich gegen jene stellte, die aus Guinea kamen, weil, wie sie sagten, PAIGC Kommunismus in unserem Land die Missachtung des Besitzes bedeuten würde, niemand wäre dann mehr Herr seiner Güter, seiner Kinder und seiner Frau. Hörte er nicht überall den Ruf, alle hätten ein Recht auf ein Haus und dass daher jemand, der zwei Häuser hatte, eines an jene geben müsse, die keines hatten? Sah er nicht Banden von Kindern in den Straßen, die Leute verfolgten und sie Hunde auf zwei Beinen schimpften, weil sie nicht Hurra für die PAIGC riefen? Aus diesem Grunde sei es notwendig, sich in Worten und Taten dieser Barbarei entgegenzustellen, und sie dächten, dass Senhor Napumoceno seine Zustimmung dazu geben müsse, seinen Namen einer Partei zu leihen, die die lebendigen Kräfte des Landes vereinte, die Kraft der Kaufleute der Stadt, denn schließlich flöße doch nur der Handel der ganzen Insel Leben ein.

Senhor Napumoceno schrieb, er habe diesen Worten gelauscht und zugeben müssen, dass sie wohlmöglich recht hatten. Sie wollten ihre Geschäfte verteidigen, die vielleicht sogar bereits von Plünderung bedroht waren, sie wollten ihr Gut und ihre Familie verteidigen. Doch gleichzeitig dachte er an die anderen, die, die niemals etwas gehabt hatten, die zu Mittag aßen und nicht wussten, ob sie zu Abend essen würden, die, die nie zur Schule gegangen waren, weil es keine Schulen gab, die krank wurden und keine Medikamente hatten. Er wollte ihnen sagen, dass jene es waren, die starben, wenn es regnete, aber auch, wenn es nicht regnete, die jetzt auf den Straßen ihre Hoffnung herausschrien, und wenn sie jetzt jemanden ausgemacht hätten, der ihnen Befreiung versprach, so habe er, Napumoceno, nicht das Recht, sich ihnen entgegenzustellen. Doch er habe auch gewusst, dass sie ihn nicht verstehen würden, und deshalb vorgezogen, ihnen zu sagen, er fühle sich alt und krank, er wolle sich nur noch seiner spirituellen Vorbereitung widmen, und das Einzige, was er sich wünsche, sei der Frieden in unserem Land. Die Deputation habe sich beleidigt zurückgezogen, und später habe er erfahren, dass sie ihn anklagten, die eigene Klasse verraten zu haben. Die Wahrheit sei jedoch, dass er sich lieber in sein Haus eingeschlossen habe, um das Testament seines Lebens zu verfassen, weil er sich in jener Intoleranz nicht wiedererkenne, die seiner Wesensart eines Insulaners widerspreche.

Und daher habe er sich, während Dona Eduarda ihm von der Barbarei berichtete, die draußen vor sich ging, von den Leuten, die geschlagen wurden, von den Provokationen der kolonialen Truppen, von den bemalten Wänden und den angezündeten Autos, damit vergnügt, die drei Monate in Gedanken noch einmal erstehen zu lassen, die er im Ausland verlebt hatte, und sich die in Paris verbrachte Woche wiedererschaffen, der Stadt, die er als offen und freundlich und voll höflicher Bewohner bezeichnete. Den Besuch in Norwegen, den er gemacht habe, um mit eigenen Augen zu sehen, was ein Fjord sei, und vor allem die 45 Tage, die er in den Vereinigten Staaten gewesen sei.

Denn Senhor Napumoceno hatte, als er sah, wie Carlos sich ganz selbstverständlich in der komplizierten Geschäftswelt bewegte, beschlossen, Urlaub zu machen, das zu genießen, was er unter Mühen und mit Beharrlichkeit angesammelt hatte. Bis zu jenem Tage war sein Leben nur Arbeit und noch mal Arbeit gewesen, selbst in Portugal hatte er nur Lissabon und die eine oder andere Stadt im Landesinneren kennengelernt, doch alles nur auf Reisen, die ausschließlich Geschäftsreisen gewesen waren. Also stellte er Carlos eine Generalvollmacht für die Geschäftsführung aus und machte sich auf in die Welt, wobei er allen sagte, er wisse zwar, wann er aufbreche, aber seine Rückkehr liege in Gottes Händen. Und tatsächlich war er drei Monate weg, doch als er zurückkam, war Senhor Napumoceno Carlos und seinen Freunden vollkommen fremd, war er ein unbekannter, anderer Mann. Er, der vorher ruhig und still gewesen war, war jetzt nervös, ewig in Eile, rechthaberisch und gesprächig. Monatelang redete er nur von der amerikanischen Technik, darüber, wie es ihn beeindruckt habe, ein Land zu sehen, das ständig darum bemüht war, kleine Dinge zu erfinden, die den Leuten das Leben erleichterten, die nichts anderes im Kopf hatten, als Zeit zu sparen, um diese dann besser für ihre Arbeit zu nutzen. Er hatte sogar kleine, auf den Inseln unbekannte Neuheiten mitgebracht. Eine davon war eine Tafel, die an der Tür zu seinem Büro angebracht werden sollte und eine Steuerung besaß, mit der er von seinem Schreibtisch aus verschiedenfarbige Lichter auf dieser Tafel aufleuchten ließ, grün – treten Sie ein; gelb – warten Sie; rot – ich bin beschäftigt, je nachdem, ob er den Besucher oder den Störer hineinlassen oder wegschicken wollte. Zweifellos verbesserte die Technik das

Leben, sie sparte Anstrengung und Energie, er musste nicht mehr rufen, brauchte nur noch das entsprechende Licht anzuschalten. Seine größte Anschaffung war jedoch unberufen ein Tonbandgerät, das man ans Telefon anschloss. Denn dieses kleine Maschinchen besaß die Intelligenz, dem Anrufer seine, Napumocenos, Abwesenheit mitzuteilen und ihn zu bitten, eine Nachricht zu hinterlassen und diese dann aufzuzeichnen. Für den Gipfel an Bequemlichkeit aber hielt er ein kleines, zum Tonbandgerät gehörendes, tragbares Gerät, das ihm erlaubte, von seinem Haus in Alto Mira-Mar aus oder sogar von seinem Wagen aus das Tonbandgerät einzuschalten und die aufgezeichneten Nachrichten so getreu wiedergegeben anzuhören, als würde jemand in sein Ohr sprechen.

Viele Jahre später, als die Aussicht auf ein Erbe nicht mehr existierte und er frei von der Leber weg über seinen leichtfertigen Onkel Araújo reden konnte, sagte Carlos zu Maria da Graça, dass er diese Veränderung im Charakter von Senhor Napumoceno und den Einbau all dieser Spielereien mit einem ironischen Lächeln betrachtet habe. In seinem Technikfieber hat er wie ein aus dem Irrenhaus entwichener Verrückter gewirkt, während ich mich mit der Diversifizierung der Importe fast umbrachte, um zumindest einen Gewinn von 20% am Kai zu garantieren ohne weitere Kosten und Ärger, denn den Ärger hätte ich ausbaden müssen, weil er bereits jenseits von Gut und Böse war, nur damit beschäftigt, auf die kleinen Knöpfe zu drücken, Warten Sie, Treten Sie ein, Bin beschäftigt, überhaupt keine Ahnung hatte, was wir importierten, geschweige denn, welche Mengen. Und in der Tat erkannte Senhor Napumoceno später, dass er sich in den ersten Monaten nach seiner Rückkehr aus Amerika wirklich vom Technikfieber hatte blenden lassen. Und obwohl er aus Pflichtgefühl geneigt gewesen war, Carlos niemals die grausame Ironie zu verzeihen, mit der sein Neffe ihn an jenem strahlenden Morgen geschlagen und die ihn getroffen hatte wie die Atombombe Hiroshima, so hatte er es dennoch auch für seine Pflicht gehalten zu erklären, dass er die Wohltaten der Wissenschaft und der Technik gewaltig überschätzt habe, zumindest was unsere Inseln betraf, denn am Ende sei er zum Schluss gekommen, dass die Hand, die die kleinen wunderbaren Dinge schuf, auch die todbringendsten Werkzeuge zur Zerstörung des Menschen geschaffen hatte. Und man könnte, verfolgte man diesen Gedanken weiter, einerseits sagen, dass wir zwar arm sind, weil unsere Kaianlagen nicht einmal über Kräne verfügen, andererseits aber auch, dass wir zwar arm sind, jedoch nicht Gefahr laufen, uns selbst zu zerstören. Daher erschien ihm das Wichtigste zu sein, die Friedfertigkeit der Inseln zu erhalten, ihre Stille, die der eines verlorenen Paradieses glich. Wir sollten daher alle Anstrengungen auf uns nehmen, mit Zähnen und Klauen jedes Ansinnen zu bekämpfen, das die Grundfesten unserer Sicherheit erschüttern könnte, denn was bringt es dem Menschen, allen Reichtum der Welt zu erlangen, wenn er seine Seele verliert? Kein Vermögen ist so groß, dass es unseren Frieden ersetzen könnte.

Diese Worte schrieb Senhor Napumoceno viele Jahre nach seiner Rückkehr aus Amerika, als er nur noch der Mann war, der sich um seine spirituelle Vervollkommnung sorgte, doch Carlos sagte, dass er sich dennoch das Lachen fast nicht habe verkneifen können, als er hörte, wie der Notar mit noch kräftiger Stimme beinahe wie ein Gebet die wortreiche Rede des durchtriebenen Alten verlas. Denn nicht nur Carlos, sondern auch den zusätzlichen Dokumenten zufolge, die Maria da Graça später fand, war er damals ein ingrimmiger, hemmungsloser Verteidiger des Fortschrittes um jeden Preis gewesen, wobei er sogar so weit gegangen war, öffentlich zu behaupten, na wenn schon, wenn die Amerikaner hier eine Militärbasis einrichten wollen, dann sollen sie es doch tun und viele Dollars mitbringen. Dr. Sousa war es, der bei einem seiner Besuche etwas Öl auf die Wogen goss, als Napumoceno die Apathie auf den Inseln ansprach und von den Wohltaten redete, die uns der amerikanische Dollar bringen könnte, und dabei sogar das bekannte Beispiel der Azoren angeführt hatte. Er habe in Nordamerika einige Azorianer kennengelernt, die sich mehr als Amerikaner denn als Portugiesen fühlten. Doch Dr. Sousa, der ihm zwar aufmerksam zuhörte und nicht einmal widersprach, hatte ihn auf die Gefahren hingewiesen, die ein ernster Krieg mit sich bringen könnte, und auf die Tatsache, dass die Stützpunkte ausgezeichnete militärische Ziele seien. Überleg doch mal, die Amerikaner wollen Militärstützpunkte außerhalb ihres Landes einrichten, weil sie die Gefahren des Krieges bei sich nicht haben wollen. Daher müssen wir zumindest unserem Volk seinen Frieden bewahren.

Diese Worte eines Mannes, den Senhor Napumoceno für einen Weisen hielt, kühlten seine Fortschrittsbegeisterung ein wenig ab, doch er dachte, dass in dieser Richtung etwas vonnöten war und gemacht werden sollte. Und er gab sich, in sein Büro eingeschlossen, langen, tiefen Meditationen darüber hin, während das kleine rote Licht als Zeichen für ein absolutes Eintrittsverbot ständig brannte. Ich bin für niemanden zu sprechen, sagte er, wenn man ihn über das interne Telefon anrief. Aber eines Tages trat Carlos, das rote Licht missachtend, einfach ein, Entschuldigen Sie bitte, Onkel, aber die Vollmacht ist abgelaufen, und wir laufen Gefahr, die Waren, die entladen werden sollen, zu verlieren, also unterschreiben Sie bitte. Senhor Napumoceno machte keine Bemerkung zu dem unerlaubten Eintreten seines Neffen, und während er unterschrieb, bemerkte Carlos, dass sich auf seinem Schreibtisch Biografien berühmter Männer stapelten und dass das Buch, das er gerade las, die Biografie von Lincoln war. Was hat er denn nun schon wieder für eine Macke, dachte er, als Senhor Napumoceno ihn unvermittelt mit der Frage überraschte, wusstest du, dass Lincoln Holzfäller gewesen ist?, und, den Federhalter in der Luft, seinen Neffen nachdenklich ansah. Doch Carlos, der in diesem Augenblick nur die Waren im Laderaum des Schiffes sah und die Gefahr, dass sie wieder abreisen könnten, antwortete, er habe das nicht gewusst, aber Holzfäller sei er gewiss nicht gewesen, denn sonst wäre er nicht in ein so hohes Amt gekommen, Unterzeichnen Sie bitte das nächste Blatt, Onkel!, selbstverständlich gibt es Leute, die zu allem fähig sind, fügte er eilig hinzu, worauf der Onkel, indem er das Blatt langsam wendete, sagte, dass es eine großartige, eindrucksvolle Sache sei, dass der größte Präsident der größten Nation der Welt als einfacher Holzfäller angefangen habe, genau wie er, Napumoceno.

Carlos sagte, sein Onkel habe an jenem Tag melancholisch und beinahe verträumt gewirkt, was jedoch in Kontrast zu seinem ernsten, faltigen und strengen Gesicht gestanden habe, vor allem zur breiten Stirn, die aussah, als wolle sie die Welt herausfordern, allerdings hätten seine großen, hängenden Ohren ihn gleichzeitig wie einen verblüfften Esel aussehen lassen. Dennoch hatte er ihm lächelnd geantwortet, es sei schade, dass es in Cabo Verde keinen Präsidenten gebe, denn der Onkel könnte es durchaus dahin bringen. Doch er gestand Maria da Graça, dass er sich in diesem Augenblick linkisch und unwohl angesichts dieses Kaufmanns von über 60 Jahren gefühlt habe, dessen Interesse für andere Welten als die des Soll und Habens geweckt worden war und der sich nun mit dem Leben anderer Männer beschäftigte. Doch

Jahre später sollte Senhor Napumoceno Carlos' Lächeln als Spott, als Hohn auf sein weißes Haar deuten, und er bedauerte dann, in einer Stunde unverzeihlicher Schwäche seine intimsten Sehnsüchte jemandem mitgeteilt zu haben, der mit seinem ungehörigen Verhalten gezeigt, dass er das in ihn gesetzte Vertrauen und die materiellen Segnungen nicht verdient hatte, die er unter dem Dach der Firma Araújo, Lda., genoss.

Er hatte sich in der Tat damals seinem Neffen gegenüber geöffnet, weil es ihn drängte, einem vertrauenswürdigen Menschen den Traum, der ihn verzehrte, zu gestehen, dass er nämlich in der Gesellschaft eine andere Rolle spielen könnte als die eines Geldschefflers, er hatte ihm gesagt, dass dieses Land jemanden brauche, der sich seiner annehme, und er, Napumoceno, ein bekanntermaßen wohlhabendes Mitglied dieser großen Gesellschaftsfamilie, fühle sich in der Lage, die Lebensjahre, die ihm noch verblieben, der Stadt, der Insel und, wer weiß, sogar der Provinz zu widmen. Kurz gesagt, mein Sohn, der Gemeinderat braucht einen ernst zu nehmenden Vollzeitvorsitzenden und nicht noch einen Absahner auf Staatskosten. Genau, das stimmt, pflichtete ihm Carlos ungeduldig bei. Ein Gemeinderatsvorsitzender kann viel Nützliches tun. Aber unterzeichnen Sie bitte hier, Onkel, denn das Schiff wartet nicht, und das Schweineschmalz kann wieder zurückgeschickt werden.

Senhor Napumoceno hätte niemals eingewilligt, das Privileg aufzugeben, einziger und ausschließlicher Geschäftsführer zu sein, und obwohl er meist die Dinge unterzeichnete, ohne sich die Mühe zu machen, sie zuvor zu lesen, wollte er dieses Vorrecht nicht verlieren, um sich nicht gänzlich aus der Firma ausgebootet zu fühlen. Und sogar während seines Urlaubs hatte er zwar eine Generalvollmacht mit den weitestgehenden, vom Gesetz erlaubten Vollmachten hinterlassen, insbesondere auch denen, ihn bei jedwedem öffentlichen Amt oder bei jedweder öffentlichen Einrichtung, insbesondere der Banco Nacional Ultramarino zu vertreten, Beiträge einzuzahlen und abzuheben, Quittungen zu empfangen oder zu erteilen und jede notwendige Zustellung und (für alle Fälle, wer weiß schon, was der morgige Tag bringt) Erbschaften und einfache, unbelastete Schenkungen anzunehmen – doch alles dies nur befristet, will sagen, bis zu seiner Rückkehr nach São Vicente. Aus diesem Grunde war er es immer, der jeden Brief, Wechsel oder Scheck unterzeichnete und die volle Haftung für die Firma Araújo, Lda., übernahm. Und, so schrieb er, die bedauernswerten Tatsachen, die ihn dazu zwangen, Carlos seinen Stand als Mitglied der Familie zu entziehen, hätten ihm gezeigt, dass er in diesem besonderen Falle richtig gehandelt habe, als er sich persönlich an die Spitze der Firma gestellt habe, obwohl es auch wahr sei, dass er vor dem bewussten schicksalsvollen Tag an dem Jungen niemals auch nur einen Schatten von Spott oder Hohn bemerkt habe.

# 4

Die Behauptung Senhor Napumocenos, er sei Holzfäller gewesen, wurde von Carlos nur als Äußerung eines Menschen angesehen, dessen größter Fehler, wie er Maria da Graça sagte, es gewesen sei, zu übertreiben und zu verallgemeinern. Bei jemandem, der in São Nicolau aufgewachsen war, konnte es nicht ausbleiben, dass er das eine oder andere Mal ein Holzscheit gespalten hat. Aber daraufhin zu behaupten, er sei während eines Lebensabschnittes Holzfäller gewesen, scheint mir doch etwas weit zu gehen. Aber so war er nun mal: Aus einer Mücke machte er einen Elefanten.

Graça lächelte nur über diese Bitterkeit, sie wollte ihren Vater, koste es, was es wolle, kennenlernen, und ihr erschien Carlos als die am besten geeignete Person, um ihr vom Verstorbenen zu erzählen. Sie ertrug daher die eine oder andere anzügliche Bemerkung, die Carlos über den Verstorbenen machte, weil sie es immerhin schon gut fand, seine Freundschaft überhaupt ein wenig errungen zu haben. Zudem kannte Carlos nur die äußeren Aspekte des Alten, er hatte ihn erst kennengelernt, als er bereits ein Junge war, damals, als sein Vater gestorben war und er aus São Nicolau gekommen war, um beim Onkel in São Vicente zu leben. Damals arbeitete Senhor Napumoceno als Untergeschäftsführer bei J. Baptista, Lda., und man erzählte sich, er sei ständig von den Gesellschaftern der Firma bestürmt worden, einen kleinen

Gesellschaftsanteil und für ein viermal größeres Gehalt die Geschäftsführung zu übernehmen. Doch es wurde auch berichtet, dass er sich nicht für so viel Verantwortung geschaffen fühlte, usf. Hinter vorgehaltener Hand sagte man allerdings, dass er als Geschäftsführer nicht mehr die Gaunereien hätte machen können, von denen alle wussten. Tatsache ist jedoch, dass er einige Jahre später die J. Baptista verließ und sein eigenes Geschäft gründete, die Araújo, Lda. – Im- und Export. Obwohl er der einzige Besitzer der Firma war, setzte er dem Firmennamen »mit beschränkter Haftung« hinzu, und daher behaupteten die Lästerzungen in der Stadt, dass seine Beschränkung sich auf das Vermögen bezog, das er bei der Firma Baptista abgestaubt hatte, von dem jedoch niemand wusste, ob es groß oder klein war. Doch Senhor Napumoceno erwies sich gleich in den ersten Jahren seiner Selbstständigkeit als ein Kaufmann mit selten guter Intuition oder aber auch einfach als ein Mann mit einem Heidenglück. Es geschah nämlich, dass er, weil sein Lager in Salinas lag, häufig unter der brennenden Augustsonne unterwegs sein musste und zudem noch zu Fuß, denn er hatte noch kein Auto, und fahren konnte er auch nicht. Er beschloss daher, sich einen Sonnenschirm zu kaufen. Aber er suchte vergebens in allen Läden oder Kramläden der Stadt danach. Es stand kein einziger Sonnenschirm zum Verkauf, und er musste sich mit einem Helm aus Kork mit all den Nachteilen eines solchen Utensils begnügen, denn da er ein höflicher Mann war, sah er sich ständig gezwungen, den Helm zu lüften, um die Leute zu grüßen, denen er diese Achtung schuldete, und lief daher stets Gefahr, Wind auf die Stirn, eine Erkältung oder noch Schlimmeres zu bekommen. Er beklagte sich bei einem Handelsreisenden über diese Marktlücke, als sie sich einmal trafen und er seinen Hut abnehmen musste, um ihn zu begrüßen. Doch der Mann lachte sogleich aus vollem Halse und sagte, Wenn Sie wollen, dann besorge ich Ihnen nicht nur einen, sondern zig, Hunderte, kein Grund zum Verzweifeln also. Nun war Senhor Napumoceno just dabei, mit diesem Mann eine Bestellung vorzubereiten, und fast zum Spaß, doch durchaus im Bewusstsein, dass er damit sein Kapital festlegen würde, bestellte er 1000 Sonnenschirme. Er wusste, dass er allerhöchstens zehn Stück pro Jahr verkaufen würde, aber er würde den gesamten Markt zur Verfügung haben, und die Schande wäre beendet, dass jemand einen Sonnenschirm suchte und in ganz Mindelo keinen fand.

Doch als er einige Tage später die Rechnung des Handelsreisenden erhielt, bekam er fast einen Herzanfall. 10 000 Regenschirme in einem Land, in dem sie als Sonnenschirme benutzt werden, weil es unglückseligerweise nie regnet! Er gab nicht zu, eine Null zu viel geschrieben zu haben, als er bestellt hatte, und fühlte sich daher von diesem Handelsreisenden beleidigt, der seine Freundschaft derart missbraucht hatte. Er setzte sich sofort hin, um einen wütenden Brief zu schreiben. Wie können Sie es wagen, nach einer solch tiefen Beleidigung die Firma Araújo, Lda., weiterhin zu Ihren Kunden zählen zu wollen, ... Doch er zerriss den Brief, ging zur Post, weil nur ein Eiltelegramm seine Wut mildern konnte, schrieb unzufrieden, Sie erfüllten unseren Vertrag, zerriss dies, bat um einen weiteren Vordruck, schrieb nur, Mir fehlen die Worte, um meine Enttäuschung auszudrücken, Komma, ausführlicher Brief folgt, Punkt, verließ die Post, bemerkte, dass Senhor Paiva Português ihn rief, sagte mit zusammengebissenen Zähnen Scheiße, schenkte ihm jedoch ein Lächeln und machte seinem Herzen Luft. Senhor Paiva war ein Mann, für den es keine unlösbaren Probleme gab, er riet Senhor Napumoceno, die Sonnenschirme oder Regenschirme – wie auch immer – auf den Inseln zu verkaufen. Oder sogar in Afrika! Es wäre doch interessant, wenn Cabo Verde Regenschirme in die anderen Provinzen exportierte. Doch selbst diese Lösung gefiel Senhor Napumoceno nicht, woraufhin Senhor Paiva, um ihn zu trösten, zum Abschied weissagte, es werde noch in diesem Jahr regnen, und er werde die ganze Ware verkaufen. Ach was, das ist doch Unsinn!, meinte Senhor Napumoceno aufgebracht. Dieses Land ist verflucht, hier regnet es nie. Und entfernte sich in Richtung Lager. Er hatte dem Lehrling aufgetragen, dort ein paar Instandsetzungsarbeiten zu machen, die gerade dazu ausreichen, die Waren vor der Sonne zu schützen, solange sie nicht verkauft waren. Von Anfang an hatte er sich nämlich als Großhändler verstanden. Keine Geschäfte, Gemischtwarenläden, Ladentische und Leute, die man ertragen musste, seien es die Angestellten, seien es die Kunden. Er hatte die Nase voll von betrunkenen Kunden, die nicht wissen, was sie wollen, und davon, sich mit schlecht ausgebildetem Personal herumzuärgern. Daher hatte er beschlossen, dass er und ein Lehrling genug seien, um den Betrieb der Firma zu sichern. Er, Napumoceno, war für die Kontakte und der Lehrling für die Botengänge zuständig, denn unterwegs sein, das ist etwas für junge Leute. Die Ware kommt ins Lager und wird direkt an die Einzelhändler, ihrer Finanzkraft entsprechend, verkauft, aber immer in Kisten, Säcken oder Bündeln. Und während er den jungen Mann beim Umräumen anleitete, er wollte vorn Platz für ein zukünftiges Büro frei haben, entwarf er im Geiste einen anderen Brief an den Handelsvertreter, einen harten, ja sogar beleidigenden Brief, damit der Mann sich genauso erniedrigt fühlte wie er, Napumoceno. Er dachte, Sehr geehrter Herr, strich es aus, was heißt hier geehrt!, der hätte Sie alter Hurensohn, Sie Scheißgauner, Sie mieser Halsabschneider dafür verdient, dass er einen kleinen Kaufmann, der am Anfang seines Lebens stand, 10 000 Regenschirme finanzieren ließ, von denen er nicht einmal fünf pro Jahr verkaufen würde. Die Worte betrügerische Absicht und Schwindel reichen nicht aus, um die unredliche Art und Weise zu beschreiben, mit der Sie mich betrogen haben. Sie haben absichtlich ebenso alle guten, loyalen Beziehungen außer Acht gelassen wie auch die gesunden Prinzipien des guten Glaubens und gegenseitigen Vertrauens. Sie schicken mir 10 000 Regenschirme, obwohl Sie durchaus wissen, dass Sie mich damit zwingen, eine enorme Menge von Kapital festzulegen, das bis zum endgültigen Verkauf der Ware gebunden bleiben wird, da ich damit rechne, von dieser Ware nicht mehr als fünf Einheiten pro Jahr zu verkaufen. Ich bestätige Ihnen daher, dass, falls es keine vernünftige Erklärung für diese Übertreibung oder irgendeine Maßnahme Ihrerseits geben sollte, die die Verluste mindert, die Sie verschuldet haben, unsere Beziehungen, seien sie geschäftlich oder persönlich, nur auf der Grundlage vollkommensten Misstrauens fortgeführt werden können, auf jeden Fall aber nachteilig für jede Art von Verständigung, zumal ich gezwungen sein werde, meinen anderen Kollegen am hiesigen Orte mitzuteilen, dass Ihr Mangel an Seriosität es angeraten sein lässt, auch nicht die kleinsten Geschäfte mit Ihnen zu tätigen. Die Rechnung kam an einem Tag, der unverschämte Drohbrief wurde am nächsten Tag mit Rückantwortschein aufgegeben, das Schiff mit den Regenschirmen lief am dritten Tag in den Hafen ein. Zum Glück gab es damals keine Luftverbindung oder regelmäßigen Fährdienste, und der Postkoffer wurde immer irgendwann auf den Weg gebracht. Denn das Schiff legte am Morgen an, und gegen Mittag begann es zu regnen. Zuerst war es ein feiner, wenn auch andauernder Regen, ein sogenannter Nieselregen, der den Sprecher des Rádio Clube

Mindelo zur Ansage veranlasste, in São Vicente regne es in Strömen. Doch dieser Nieselregen fiel den ganzen Nachmittag und die ganze Nacht, wobei der Himmel immer bedeckt war und kräftigeren Regen versprach. Und daher beeilte sich Senhor Napumoceno am folgenden Morgen, seine Waren aus dem Zoll zu holen, wobei es unentwegt weiternieselte, und da es bereits Oktober war, der Monat, in dem es etwas zu regnen pflegte, ließ er, nur zur Erleichterung seines Gewissens, im Radio ankündigen, dass die Firma Araújo, Lda., gerade eine kleine Partie Regenschirme erhalten habe und dieselben bereits den lokalen Händlern in seinen am Largo das Salinas gelegenen Lagern zur Verfügung stünden. Er war einigermaßen überrascht, als er gleich am nächsten Tag 1000 Regenschirme die Lager verlassen sah, was die Kosten für 5000 deckte. Dennoch fiel ihm erst drei Tage später ein, als er bereits 6000 Regenschirme auf den Markt gebracht hatte, dass es nicht lohnte, seinen Freund, den Handelsvertreter, wegen einer solchen Lappalie zu beleidigen, und so machte er sich, auch er unter einem Regenschirm, zur Post auf, füllte ein Formular 3 C7 aus, den Antrag auf Rückgabe von Briefen, und kehrte durch eine von Regenschirmen gefüllte Rua de Lisboa glücklich lächelnd in sein Lager zurück. In seinem Lager angelangt, fand er eine Bestellung für 2000 weitere Regenschirme vor.

Der Regen fiel weiterhin sanft und ruhig, und in den Stoßzeiten verwandelten sich die Straßen in wogende schwarze Wolken, alle lachten glücklich, das Radio machte Wortspielchen mit Regen und Regenschirmen: Schützen Sie sich mit dem Regenschirm, Das gute Stück, denn besser als Das gute Stück ist nur der Regen. Und acht Tage lang fiel der Regen schön und nützlich, nässte die Erde und die Straßen. Und als die letzte Partie von 500 das Lager verließ, gab Senhor Napumoceno im Royal die Anweisung, allen Anwesenden Sekt zu servieren, und sagte, er feiere den Abzug der 10 000.

In seinem Testament räumte er ein, dass dies ein Bombengeschäft gewesen sei, das er, ohne es zu wollen und rein zufällig, gemacht habe, denn geraume Zeit später habe er, als er in seinen Papieren wühlte, die Bestellung gefunden und festgestellt, dass er aus Versehen eine Null zu viel darauf geschrieben hatte. Indes lobte er im Royal mit erhobenem Champagnerglas seine gute Nase für Geschäfte, seinen Instinkt, der ihn den Regen in jenem Jahr habe voraussehen lassen, und das gute Geschäft, das er gerade gemacht hatte.

Doch wie er später beklagte, lief nicht alles so, wie er es sich gewünscht hatte. Denn es regnete nicht so weiter wie in den vorangegangenen glücklichen Tagen, als Regenschirme und Fröhlichkeit die Straße bevölkerten. Noch am besagten Champagnerabend donnerte es zweimal heftig über der Stadt, und es schüttete unerbittlich, wahnsinnig wie noch nie zuvor, als hätte der Regen es plötzlich satt, immer nur sanft zu fallen, und im Morgengrauen kam noch ein furchterregender Sturm hinzu. Am Morgen sah man dann nur noch zähneklappernde Leute auf der Straße, umgestürzte Bäume, zusammengefallene Gebäude, ganze Familien auf den Dächern ihrer Häuser oder auf dem, was von ihnen noch übrig geblieben war. Am Ende stellte man fest, dass mindestens 50 Menschen bei der Überschwemmung umgekommen waren, deren Springfluten noch immer, von den Mauern des Caizinho aufgehalten, auf der Suche nach dem Meer durch die Straßen strömten.

Sein ganzes Leben ließ sich Senhor Napumoceno durch nichts davon abbringen, dass er der Verantwortliche für jene Tragödie gewesen war, und selbst in den Zeiten der spirituellen Vorbereitung konnte er nicht begreifen, dass das, was für den einen Glück bedeutet, für andere notwendigerweise ein Unglück ist, denn wenn er sich damit zu entschuldigen versuchte, dass er nicht einmal bewusst für den Import von so vielen Regenschirmen verantwortlich gewesen war, die einen solch wahnsinnigen Regen gerechtfertigt hätten, dann erinnerte ihn sein schlechtes Gewissen an den fabelhaften, nie erträumten Gewinn, weil er sehr wohl wusste, dass er bereits mit dem Verkauf von zweitausend Regenschirmen zehntausend finanziert hatte. Daher hatte er mit schmerzvollem Herzen beim Gemeinderatsvorsitzenden um eine Audienz gebeten und ihm die Notwendigkeit vorgetragen, etwas Konkretes für die vom Schicksal Geschlagenen zu tun, für jene, die der himmlische Regen ohne ein Dach über dem Kopf und ohne Schutz im Elend dieser Katastrophe zurückgelassen hatte, und erklärte sich bereit, eine Kleider- und Nahrungsmittelsammlung für die Armen einzuleiten.

Dieser Vorschlag kam wie gerufen. Der Vorsitzende des Gemeinderates hatte in dem ganzen Durcheinander den Kopf verloren, denn da kein Geld für was auch immer vorhanden war, hatte er die Hauptstadt um Unterstützung gebeten, doch die Hauptstadt ließ auf eine Antwort warten, und die Armen waren entweder von dem abhängig, was der Nächste für sie tun konnte, oder vom Zufall. Daher packte er diese Idee beim Schopfe, zweifellos hätten die aktiven Kräfte der Stadt auch bei dieser Tragödie ein Wort mitzureden, und so berief er eine Versammlung der Kaufleute ein, denn damals gab es den Verein der Kaufleute noch nicht.

Seine patriotische Aktion wurde während des Wählkampfes, bei dem Senhor Napumoceno als Gemeinderatsmitglied kandidierte, nicht von ihm, sondern von denjenigen, die ihn unterstützten, publik gemacht. Doch der Gewinn aus dem Verkauf der Regenschirme wurde erst nach der Eröffnung des Testamentes bekannt. Senhor Napumoceno war stets ein diskreter Mann gewesen, obwohl er den Ruf hatte, den Mund gern zu voll zu nehmen. Im Übrigen habe er dieses Kapitel seines Lebens nur deshalb erzählt, um zu rechtfertigen, weshalb ein Teil der Rendite seiner Güter dazu bestimmt gewesen sei, monatlich unter den Ärmsten verteilt zu werden. Er sagte, dass der verschämten Armut sein ganzes Leben lang seine ganz besondere Fürsorge gegolten habe, und aus diesem Grunde sollten einmal im Monat all diejenigen sich seiner erinnern, die jeden Samstag über die Schwelle seines Hauses getreten seien.

Er räumte übrigens ein, dass der Kampf gegen die Armut erst seit diesen teuflischen Regenfällen zu einer Lebensaufgabe geworden war, Denn nachdem die erste Erschütterung vorüber gewesen und die dazugehörigen Maßnahmen eingeleitet worden seien, habe er gesehen, dass viel zu tun war. Deshalb habe er Kampagnen zum Wiederaufbau der zerstörten Häuser organisiert und sei sogar persönlich nicht nur für ein paar Tage verdienter Erholung auf die Insel Boa Vista gefahren, sondern auch, um mit der Casa Ben'Oliel Verhandlungen wegen des Handels mit Kalk zu eröffnen.

Senhor Napumoceno widmete seinem Aufenthalt auf jener Insel genussvoll viele Seiten seines Testaments und sprach vom Privileg, das ihm zuteilgeworden sei, den angesehenen Senhor David Ben'Oliel persönlich kennengelernt zu haben, einen Menschen von vornehmem Verhalten und Besitzer nicht nur des größten Handelshauses der Insel, sondern auch aller Boote der Stadt. Er berichtete von der Ekstase, die der Mondschein auf dem weißen Sand in ihm ausgelöst habe, und von dem Fest, einem Ball in Rabil, bei dem Senhor David ihn behandelt habe, als wäre er ein König. Aber mehr noch sehnte er sich voller Melancholie nach einer einsame Gitarre am Strand von João Cristão in einer Mondscheinnacht und bei einer so trockenen Ebbe, dass er und sein illustrer Gastgeber und Dona Bibi auf dem harten Sand direkt am Wasser hätten spazieren können, ohne sich die Füße nass zu machen. Es sei im Übrigen ein glückliches Zusammentreffen gewesen, dass eine Schwester von Dona Bibi, die normalerweise in Nordamerika lebte, ihre Ferien ebenfalls auf Boa Vista verlebte. Da sie im selben Haus gewohnt hätten, denn Senhor Napumoceno war Gast der Ben'Oliels, blieb es nicht aus, dass sie eine freundschaftliche Beziehung pflegten, und in der Tat hätten beide allein Spaziergänge an den Stränden gemacht und lange Gespräche unter vier Augen geführt. Damals musste Senhor Napumoceno zwischen 45 und 50 Jahren alt gewesen sein und hätte nicht behaupten können, dass er dem Gedanken, zu heiraten, eine Familie, eine Frau, ein Heim zu haben, abhold gewesen sei. Und als er jene Gitarre in der Ferne gehört habe, während beide mit ihren Füßen in dem dunkel silbrigen Sand gestanden, das Meer süß in ihrer Nähe gemurmelt habe, sei er neidisch auf jenen Herrn gewesen, der die Klugheit besessen habe, dem Durcheinander ferner Länder zu entsagen und sich an diesem friedvollen Ort niederzulassen, dessen Herr und König er mit exklusivem Familienfriedhof und eigener Kapelle war. Doch dann hatte es einen Augenblick während ihres Spazierganges gegeben, Dona Jóia sprach gerade von Amerika, vom unablässigen Menschengewühl und der Hast, man hatte nicht einmal Zeit, sich am Kopf zu kratzen, da näherte sich eine kleine Welle und drohte ihre Schuhe zu durchnässen. Dona Jóia nannte die Welle laut und silbrig lachend eine freche Welle und war, um ihre Schuhe nicht nass werden zu lassen, in Senhor Napumocenos Arme gesprungen und hatte ihm beide Arme um den Hals gelegt. Senhor Napumoceno sollte später gestehen, dass er, nachdem er jenen sanften und gleichzeitig starken, auf seine Sinne wirkenden Duft eingeatmet und weniger wegen ihres Gewichtes als wegen der Gefühle, die er für sie hatte, ins Schwanken geraten und ihm ein Wort entfahren sei, das sie zum Glück nicht gehört habe. Denn Dona Jóia, eine Frau von über 40, deren jugendliche Frische und üppige Brüste, die sich ständig Liebkosungen anzubieten schienen, indes wohlerhalten waren, habe als sehr begehrenswerte Dame angesehen werden können. Würde man die moderne Ausdrucksweise benutzen, mit der man seine Haltung zu den Armen als Solidarität bezeichnen würde, könne man Dona Jóia eine scharfe Braut nennen. Allein, der Respekt vor seinen Gastgebern habe ihn zurückgehalten, und während des Balls, den sie in Rabil für ihn gegeben hatten, habe er, allerdings erst zu vorgeschrittener Stunde und als sie eine Morna tanzten, gewagt, ihr zu sagen, dass es sich gelohnt habe, Boa Vista kennengelernt zu haben.

Auf der Rückreise jedoch hatte er ausreichend Zeit, über all dies nachzudenken, denn wegen einer Flaute, die sie auf halbem Wege überraschte, brauchte das Schiff vierzehn Tage, bis es in São Vicente anlangte. Dabei kam er zum Schluss, dass er falsch gehandelt hatte, als er sich Dona Jóia nicht offen erklärte, die sich aufgrund bestimmter Worte und Blicke, an die er sich an Bord wiederholt und verliebt erinnerte, zweifellos einem Antrag seinerseits offen gezeigt hätte, selbstverständlich nicht gleich einem Liebesantrag, sondern nur der Bitte, mit ihr einen freundschaftlichen, angenehmen Briefwechsel führen zu dürfen. Und er beschloss, dass er, sobald er in São Vicente war, einen langen Brief an Dona Jóia bei der Post aufgeben würde, in dem er sie zwar noch nicht direkt, jedoch in Andeutungen seine Liebe wissen lassen wollte. Er dachte daran, ihr Sätze wie diesen zu schreiben: Es ist mir leider noch nicht möglich, meinerseits die liebenswürdigen Tage, die ich in Ihrer Gesellschaft verbracht habe, zu vergelten, weil das Schicksal, das mir in materieller Hinsicht gewogen war (das würde reichen, um ihr seine gute wirtschaftliche Position klarzumachen), bislang nicht die Güte gehabt hat, mir die zu schenken, die die Mutter meiner Kinder sein wird. Ich glaube indes, dass ich nicht lüge, wenn ich Ihnen sage, dass die in Ihrer Gesellschaft verbrachten Tage die glücklichsten meines Lebens waren, und bedauere nur, dass ich Sie in Umständen kennengelernt habe, die allzu hinderlich waren, dem Brodeln meiner Gefühle, die meine Brust immer dann erfüllten, wenn Sie in meiner Nähe waren, freien Lauf zu lassen. Ich erinnere mich im Übrigen voller Dankbarkeit an unseren Spaziergang am Meer in jener Mondnacht, an die Gitarre in der Ferne und all das, was noch folgte. Ich kann jedoch nicht umhin zu denken, dass es ein Jammer ist, dass das ferne Amerika darauf besteht, uns hervorragende Gattinnen und zukünftige Mütter zu rauben.

Unglücklicherweise konnte Senhor Napumoceno diesen und andere Briefe, die er sich auf der Reise ausdachte, an Bord nicht niederschreiben, weil ihm sein Zustand leichter Übelkeit große Bewegungen im Inneren des Schiffes nicht erlaubte, wie diese ihn auch gleich an die Reling trieb, wenn er nur ein Buch oder einen Federhalter zur Hand nahm. Er beschloss daher, seine Koje nur für die unerlässlichen physiologischen Notwendigkeiten zu verlassen, und behielt alle Briefe in seinem Gedächtnis verwahrt, um sie zu Papier zu bringen, sobald er wieder zu Hause war. Dies war jedoch sogleich nicht möglich, da er eine Reihe von Problemen zu lösen hatte, vor allem beim Zoll, da eine Partie Waren der Firma Araújo, Lda., unter dem Vorwand, dass der Besitzer abwesend war, auf dem Kai stehen gelassen und später von Unbekannten geplündert worden war. Senhor Napumoceno akzeptierte diese Rechtfertigung nicht, führte dagegen an, dass es dafür die Behörden und die Zolllager gebe, und bis man sich endlich entschloss, ihn entsprechend zu entschädigen, vergingen Tage voller Sorgen, in denen er keine Zeit hatte, an die Liebe zu denken. Und damit nicht genug, er wurde ins Rathaus gerufen, wo ihm mitgeteilt wurde, dass die Zentralregierung seine Absicht, als Stadtverordneter zu kandidieren, mit Wohlgefallen sehe, und da er dies nicht ablehnen wollte, verbrachte er einige Tage damit, sich auf das Zusammentreffen mit der Wählerschaft vorzubereiten, und darauf, ihnen zu sagen, was er über seinen Auftrag dachte und was sie von ihm erwarten könnten. So kam es, dass die schönen Briefe, die er sich auf See ausgedacht hatte, als er endlich die Zeit hatte, Dona Jóia zu schreiben, aus seinem Gedächtnis gelöscht waren und er ihr nur schreiben konnte, dass er als Stadtverordneter kandidiere und er sich gefreut hätte, sie jetzt in São Vicente zu sehen, damit sie für ihn stimmte. Der Brief kam jedoch zurück, denn Dona Jóia war bereits nach Amerika abgereist.

Als er Stadtverordneter war und aufgrund der Tatsache, dass die Gemeinde von der Regierung einen Spezialfonds für den Wiederaufbau der Häuser der aus ihren Wohnstätten Vertriebenen erhalten hatte, sah Senhor Napumoceno keine Notwendigkeit mehr dafür, sich ausdrücklich diesem Problem zu widmen, insbesondere als er bereits Sitz und Stimme im Rathaus hatte und es keineswegs angeraten war, parallel dazu die gleiche Arbeit zu machen, was als Kritik an der üblichen Langsamkeit der Behörden hätte gedeutet werden können. So gab er seinen Namen weiterhin für die Lösung der gesellschaftlichen Probleme, indem er einen Rabatt auf 10 % seines Gewinns aus dem Verkauf des gesamten Kalks gab, den er für diese Bauvorhaben verkaufte. Wie er sagte, sei er nicht daran interessiert gewesen, an der Armut Geld zu verdienen. Gewinne strebe er wohl an, doch vor allem aus dem Salz, das er nach Gambia, an die Elfenbeinküste und in den Senegal verkaufte. Aus seinem Besuch in Boa Vista war nämlich ein besonderes Abkommen unter Gentlemen zwischen ihm und Senhor Ben'Oliel hervorgegangen, demzufolge er dieser Firma allen Kalk, das gesamte Salz, die gesamte Färberflechte und alle Ziegenhäute abkaufte und mit den Waren bezahlte, die er in seinem Lager hatte. Und in der Tat entluden die Boote von Senhor David jahrelang Hunderte von Tonnen dieser Artikel in São Vicente, die Senhor Napumoceno seinerseits an fernere Gestade gelangen ließ.

Irgendwann war der Augenblick gekommen, in dem Senhor Napumoceno es für gerechtfertigt hielt, dem Lager das Aussehen einer Firma zu verleihen. Daher ließ er am vorderen Teil, den er immer schon für ein Büro vorgesehen hatte, eine Fassade bauen, die sogleich die ganze Stadt mit ihrer Erhabenheit und Nüchternheit beeindruckte und auf der in Reliefform grün auf weißem Grund die Worte ARAÚJO, LDA. – Import-Export zu lesen waren. Denn Senhor Napumoceno hatte sein ganzes Leben lang eine Schwäche für den Fußballverein Sporting Club de Portugal oder für jeden anderen Verein gehabt, dessen Mannschaft Grün-Weiß trug. Grün war seine Schwäche, sein Schicksal und sein Glücksbringer, und er sagte in seinem Testament, dass seine Tochter Maria da Graça dem grünen Rock von Dona Maria Chica zu verdanken sei, den hochzuschieben er, als er ihn über seinen Schreibtisch gebeugt sah, sofort Lust gehabt habe … Doch dieser Teil seines Lebens liegt noch in weiter Ferne, zu jenem Zeitpunkt kümmerte er sich nur um die Fassade der Firma, die nach außen hin ein Bürogebäude und drinnen eine leere, mit französischen Dachpfannen gedeckte Lagerhalle war. Er ließ zwei Büroräume bauen, einen feineren für sich selbst, einen weiteren für einen Gehilfen, und am hinteren Ende ließ er ein riesiges Schiebetor einbauen, das auf Metallachsen lief, um keinen Platz zu verschenken, und schuf in dem Bereich für die Waren verschiedene Abteilungen mit Schildern, die Zucker, Reis, Butter, Schmalz angaben ...

Doch um der Wahrheit die Ehre zu geben, sei gesagt, dass das Lager fast immer leer war, weil der erste Import, den die Araújo, Lda., durchführte, eine Partie Reis gewesen war. Nun war just damals kein einziges Reiskorn auf dem Markt, und sobald die Einzelhändler erfahren hatten, dass Senhor Napumoceno Reis erwartete, stürmten sie in sein Büro, und selbst zu Hause ließ man ihm keine Ruhe. Und so war der ganze Reis, noch bevor er die Gewässer von Cabo Verde erreichte, bereits verkauft und ging direkt in die Läden. Dieses Ereignis brachte Senhor Napumoceno auf die Idee, die Ware gleich auf dem Kai zu verkaufen, denn er sah, dass er dabei nur gewinnen konnte, wenn er die Ware importierte und schon verkaufte, wenn sie ihren Ursprungshafen verließ. Dennoch trug er Sorge dafür, das Büro zu verbessern, und ließ einige Zeit später zwei weitere Räume neben den bereits bestehenden bauen, in die er dann mit seinem Kontor zog. Und da er entschlossen war, später einmal eine Sekretärin einzustellen, ließ er den Eingangsraum mit Teppichboden auslegen und mit Nappaledersesseln ausstatten, wie sie damals in Mode waren, mit Zeitschriften und Zeitungen auf einem niedrigen Tisch und einem Schreibtisch neben der Tür zu seinem Büro, der in Zukunft seiner Angestellten dienen sollte. Erst als er aus Amerika zurückkam, hatte er den Einfall, einen elektrischen Türschließer einbauen zu lassen, einen von denen, die die Tür öffnen, wenn man auf einen Knopf drückt.

Er wollte, dass sein Büro ein Arbeitsplatz, aber auch ein Ort des Rückzugs sei, und daher verwandte er einige Mühe darauf, es mit funktionalen Möbeln, vor allem aber mit dem erhabenen Geschmack zu möblieren, der einem Mann gut ansteht, der kurzlebigen Eitelkeiten abhold und vielmehr an ewigen Werten interessiert war. Daher sah er an der rechten Seitenwand ein Regal mit Ordnern und Büchern vor, die mit dem Geschäft zu tun hatten, und reservierte die linke Wand für ein Regal, das die Bücher für seine Entspannungslektüre enthalten sollte. An die Wand ihm gegenüber hängte er nur eine Reproduktion der Mona Lisa. Doch das wichtigste, zweifellos den Raum beherrschende Stück im Büro von Senhor Napumoceno war sein Schreibtisch. Es handelte sich dabei um ein massives Möbel mit Beinen, die geschnitzte Löwen darstellten und die Holzplatte und die daraufliegende Glasplatte hielten, und Senhor Napumoceno ließ es sich nicht nehmen zu sagen, dass er das einzige in São Vicente existierende Exemplar im Louis-XV-Stil sei. Als er ihn kaufte, war der Tisch ziemlich ramponiert, und er beauftragte Senhor Rafael damit, ihn aufzuarbeiten, er sollte aber so werden, als käme er direkt aus der Fabrik. Und tatsächlich gab der Mann sich bei der Instandsetzung so große Mühe, und die Arbeit wurde so perfekt, dass er nicht widerstehen konnte, Senhor Napumoceno zu sagen, dass sich ein solches Kunstwerk besser im Arbeitszimmer eines Denkers als in den Händen eines Großhändlers mache, was ihm dessen ewige Feindschaft einbrachte. Sicher ist indes, dass sich der Schreibtisch für Herrn Napumoceno und Dona Chica als äußerst nützlich erwies, weil er, stark und widerstandsfähig, wie er war, ohne zu ächzen, deren Reiterspiele ertrug, sei es, dass Senhor Napumoceno stehend vor dem grünen Rock breitbeinig entsicherte und schoss, sei es, dass Dona Chica bäuchlings auf ihm lag und Senhor Napumoceno es ihr vorsichtig von hinten besorgte.

Selbstverständlich war Senhor Napumoceno nicht jemand, der in seinem Testament damit herumprahlte. Er hatte sich in diesem Fall darauf beschränkt zu sagen, dass Maria da Graça gemacht wurde, als sie beide am Schreibtisch gelehnt hätten, die Mutter stets im grünen Rock. Und wenn Graça nicht so versessen darauf gewesen wäre, ihren Ursprung zu erfahren, wäre dieser Punkt gewiss für immer im Dunkeln geblieben. Denn sie war damit aufgewachsen, dass sie Senhor Silvério Papa nannte und nur sehr vage von der Pension wusste, die ihr erlaubt hatte, das Gymnasium zu besuchen. Sie wusste zwar, dass Silvério nicht ihr Vater war, doch als sie das Alter erreicht hatte, in dem sie diese Einzelheiten von der Mutter hätte erfahren können, wusste sie bereits genug über ungewollte Geburten und hatte es vorgezogen zu denken, dass sie die Frucht eines Fehltritts sei. Und selbst als sie am Tag, an dem Senhor Napumoceno gestorben war, bei der Rückkehr von ihrer Arbeit die Mutter auf dem Liegestuhl vorgefunden hatte, wo ihr Zuckerwasser eingeflößt wurde, hatte sie sie erschrocken umarmt, weil sie sofort dachte, es müsse etwas am Herzen sein, doch es war ihr nie in den Sinn gekommen, dass es die Nachricht von seinem Tode war, die die Mutter in diesen Zustand versetzt hatte, obwohl sie wusste, dass sie von der Firma Araújo, Lda., eine Pension bezog. Doch die Mutter hatte versucht, sie zu beruhigen, mir geht es schon besser, aber es war ein großer Schock für uns. Was hattest du denn, Mutter, fragte Graça. Was war ein großer Schock für uns? Chenchene!, sagte Dona Chica. Unsere Pension.

Graça hatte nie vermutet, das Senhor Araújo Chenchene sein könnte. Sie kannte Senhor Napumoceno, hatte schon ein paarmal mit ihm gesprochen, und als sie noch Schülerin war, hatte er sich sehr für den Fortgang ihrer Studien interessiert, doch es waren immer nur zufällige Begegnungen gewesen, die sich fast ausnahmslos am Ende eines Schuljahres ereigneten, und der Zufall wollte es immer, dass er Pralinen im Wagen hatte, die er ihr dann anbot. Aber es war immer Senhor Araújo gewesen, nicht Napumoceno, geschweige denn Chenchene, einen Namen, den sie zum ersten Mal hörte. Daher dachte Graça beunruhigt, als die Mutter von Chenchene und der Pension redete, sie sei nicht mehr ganz richtig im Kopf. Wer ist Chenchene, fragte sie, doch die Mutter beruhigte sich, zog es vor, mit einem Hustenanfall zu schweigen, und bedankte sich dann bei den Nachbarn für die erwiesene Hilfe, bat Gracinha, ihr beim Aufstehen zu helfen, und ging ins Haus. Und als sie dann im Haus waren, erklärte sie der Tochter, dass Chenchene Senhor Napumoceno Araújo sei, der gerade gestorben und ein sehr guter Freund von ihr gewesen und ihr die Pension gezahlt habe, von der sie lebte. Ohne ihn habe sie keine Sicherheit mehr. Graça lachte über diese tragischen Worte. Hast du denn auch keine Tochter mehr?, fragte sie. Und erst nach der Eröffnung des eigenhändig verfassten Testaments erfuhr sie gleichzeitig mit allen anderen, dass sie die Tochter des Verstorbenen, die Erbin seines Namens und seines Vermögens war. Das unerwartete Erscheinen von Senhor Fonseca, Américo Fonseca, gnädiges Fräulein, zu Ihren Diensten, hatte sie überrascht, eines verschwitzten und staubigen Senhor Fonseca mit Erde an den Schuhen, der auf der Suche nach dem Haus von Dona Maria Francisca, der Mutter von Fräulein Maria da Graça, bereits in Ribeira Bote, Bela Vista und Lombo do Tanque gewesen war, aber unter diesem Namen hatte sie dort niemand gekannt, Dona Maria Francisca war nur Dona Chica vom Silvério, Maria da Graça war die Graça oder Gracinha von Dona Chica, daher hatte ihm niemand eine Auskunft geben können, kenne ich nicht, weiß ich nicht, vielleicht etwas weiter längs, bis jemand meinte, es könnte ja vielleicht Dona Chica, die Mutter von Gracinha, gemeint sein. Und so war es dann auch. Senhor Fonseca bat darum, eintreten zu dürfen, und sagte, er müsse mit Mutter und Tochter reden, er brächte wichtige Neuigkeiten, die für beide von Interesse seien. Gracinha war gerade im Garten dabei, ihre Füße zu waschen, sie wohnten in einem Haus, das kein Bad, geschweige denn fließend Wasser hatte, Licht nur von einer Petroleumlampe, und daran fehlte es Gott sei Dank nicht, Gracinha kam, ihre Füße schüttelnd, herein, sah den Herrn im Anzug und sagte Guten Abend, Senhor Fonseca erhob sich vom Stuhl, den ihm Dona Chica angeboten hatte, ergriff Gracinhas Hand, die er küsste, und beglückwünschte sie feierlich. Und erklärte Graça, die staunend die Augen aufriss, dass er seit mehr als zwei Stunden auf der Suche nach ihrem Haus gewesen sei. Er habe auf gar keinen Fall die gute Neuigkeit erst am folgenden Tag überbringen wollen. Er hatte seine Suche in Begleitung von Senhor Lima begonnen, doch der hatte nach einem langen Marsch schließlich aufgegeben und war nach Hause zurückgekehrt, da ihm die Schuhe die Füße schmerzen ließen. Aber er hatte nicht aufgegeben, war er doch als beharrlicher Mann bekannt, und jetzt sah er sich belohnt. Und er lächelte und sagte, er sei auf Wunsch des Verstorbenen, Gott sei seiner Seele gnädig!, einer der Zeugen bei der Eröffnung des eigenhändig verfassten Testaments seines hochgeschätzten verblichenen Freundes Napumoceno da Silva Araújo gewesen und sei jetzt hier, um die angenehme Nachricht zu überbringen, dass von jenem Tag an Fräulein Maria da Graça ihrem schönen Namen und Nachnamen den Namen Araújo zufügen würde, der in dieser Stadt ein besonders angesehener Name sei. Und weiterhin sagte er, dass auf ausdrücklichen Wunsch des illustren Verstorbenen aus einer Klausel des Testaments hervorginge, dass sie zur alleinigen

Erbin all seiner Güter würde, sobald bestimmten frommen Legaten Genüge getan worden sei.

Maria da Graça begriff diese frohe Kunde nicht gleich, erst einmal fand sie es nur witzig, wie Senhor Fonseca redete, mit vielen Gesten, mit verzogenem Mund, über dem ein schmaler Schnurrbart tanzte, und als Senhor Fonseca sich erhob und Mein spätes, aber tief empfundenes Beileid!, sagte, hatte sie gedacht, er wolle sich nur erheben, um sich zu verabschieden, und sagte nur, Vielen Dank, auf Wiedersehen!, und Senhor Fonseca war etwas verwirrt gewesen, sagte jedoch, er werde am nächsten Tag wiederkommen, um alles genauer zu erklären, war hinausgegangen und hatte Mutter und Tochter allein im Haus und die Nachbarn vor dem Haus zurückgelassen.

Bislang war Gracinha stets ein folgsames, zu ihrer Mutter zärtliches Mädchen gewesen, doch an jenem Tag verlor sie die Fassung und verlangte Erklärungen von ihr, anfangs brüllte sie, weil sie nichts begriff, dann schluchzte sie, auf dem Zementfußboden kniend, den Kopf im Schoß ihrer Mutter. Sie erzählte Carlos später, dass ihr ein richtiger Vater nie wirklich gefehlt habe, weil Senhor Silvério sie sehr gernhatte, und daher habe sie nie gedacht, dass ein echter Vater für das Leben der Kinder notwendig sei, zumal es in diesem Land an Kindern ohne Vater nicht mangelte. Daher habe sie die Mutter nie danach gefragt, nicht nur, weil sie sie nicht an traurige Dinge habe erinnern wollen, sondern auch, weil er ihr nicht gefehlt habe. Außerdem sah sie so viele Väter ihre Kinder ärgern, dass sie sogar manchmal Gott dafür gedankt habe, dass sie niemanden hatte, der sie ärgerte, Dennoch habe sie in jenem Augenblick gefühlt, dass sie einen Vater verloren, den sie als solchen nie gekannt habe, doch gleichzeitig sei sie auf sich selbst böse gewesen, weil sie darüber traurig war. Andererseits aber habe sie einen Kummer verspürt, wenn sie an jenen Alten dachte, der sie mit unendlicher Zärtlichkeit in seinen Augen angesehen habe, ganz so, als wollte er sie verschlingen, und sie sah den Alten wieder vor sich, wie er sie nach ihren Zeugnisnoten fragte, ihre Hände in seine alten zittrigen Hände nahm, Pass bei der Geografie auf, das war immer mein schwacher Punkt!, jenes Apropos, ich habe da noch Schokolade im Wagen, wenn er sich von ihr verabschiedete, Gott segne dich!, und sie hatte dann dort gestanden und diesen verrückten Alten angesehen, und daher weinte sie, nachdem ihr ihre Mutter erzählt hatte, wie alles gewesen war, in ihrem Zimmer liegend nicht aus Sehnsucht, sondern aus Mitleid und aus Gewissensbissen, wegen des in jenes faltige Gesicht gegrabenen Leidens, das sie mit den Augen eines geprügelten Hundes ansah, und als sie schließlich einschlief, träumte sie, dass sie ihren Vater küsste und ihm all die Zärtlichkeit gab, um die er sie mit seinen nach Zärtlichkeit hungernden Augen gebeten hatte, obwohl ihre Mutter ihr die Wahrheit über das erzählt hatte, was geschehen war, und diese Wahrheit nicht so schön oder poetisch war, wie sie hätte sein sollen. Es hatte sich nämlich nicht um eine unmögliche Liebe gehandelt, sondern darum, dass ihre Mutter eine einfache Putzfrau war, und als Senhor Napumoceno sie gebeten hatte, als seine Angestellte das Büro zu putzen, hatte Dona Chica eingewilligt, da sie eine feste Arbeit brauchte und dies eine gute Anstellung mit wenigen Arbeitsstunden zu sein versprach, weil sie nur ihre Arbeit machen musste und dann nach Hause gehen konnte, sie kam gegen sieben Uhr morgens, putzte die Nebenräume, Senhor Napumoceno öffnete pünktlich um acht sein Büro und ging dann sofort seinen Geschäften nach, sie wechselten kaum ein Wort miteinander, weil er nicht ein Mann von vielen Worten war, manchmal war es gerade noch ein Guten Tag, Senhor Araújo!, Guten Tag, Dona Chica!, am Anfang hatte sie ihn

Senhor Napumoceno genannt, doch ihm hatte das nicht gefallen, und deshalb habe ich ihn nur Senhor Araújo genannt, für mich war ein Name so gut wie jeder andere, häufig hatte sie ihn nach diesem Grüß Gott nicht noch einmal gesehen, bis zu dem einen Tag, daran erinnerte sie sich ganz genau, als wäre es heute, sie erinnerte sich sogar daran, dass es ein Samstag war, weil es am Tag darauf ein wichtiges Spiel von Sporting gegen den Mindelense gegeben hatte, wo es um den Meistertitel ging, und dass Senhor Araújo sie am darauffolgenden Montag an der Tür zum Büro getroffen und ihr gesagt hatte, dass der Sporting am Vortage 3:0 gewonnen hatte, und, indem sie in Erinnerung an jenen Tag lächelte, sagte sie, dass sie ihn weder angelächelt noch ihn beglückwünscht hatte, sondern ganz im Gegenteil mit grimmigem Gesicht weitergearbeitet, weil sie ihm noch wegen seines Verhaltens am vorangegangenen Samstag böse war, sie war nämlich, erinnerte sie sich, am vorangegangenen Samstag mit einem grünen Taftrock und einer weißen Bluse zur Arbeit gegangen und gerade dabei gewesen, den Schreibtisch zu putzen, als er wieder hereinkam, doch er war an der Tür stehen geblieben und hatte sie angesehen, allerdings so, als habe er sie noch nie vorher gesehen, weil seine Augen ganz verwirrt dreinschauten, damals war er noch überhaupt nicht glatzköpfig, ganz im Gegenteil, man kann sogar sagen, dass er ein gut aussehender Mann war, doch er stand da und schaute sie an, sie schaute, unterbrach ihr Reinemachen, lächelte schüchtern, sagte, was haben Sie denn, es scheint so, als hätten Sie etwas Furchtbares gesehen, doch er antwortete nicht, lächelte nicht, starrte nur immer weiter, während sein Adamsapfel auf und ab wanderte, als hätte er Cuscus gegessen, ohne zu kauen, sie sagte dann, Meine Güte! Sie machen einem ja Angst!, doch er stand schweigend an der Tür, nur seine Kehle ging immer auf und ab, doch plötzlich schloss er die Tür, drehte den Schlüssel im Schloss, sie, Maria Chica, hätte nicht gleich begriffen, sie hätte so etwas nicht von einem Herrn aus seiner Gesellschaftsschicht gedacht, der zudem noch so angesehen war, doch er war auf sie zugekommen und hatte so etwas wie Entschuldige mich bitte gesagt und sie gepackt und sie über den Schreibtisch gelegt, sie hatte gekämpft, gesagt, Lass mich los, oder ich schreie!, und gleichzeitig hatte sie gefühlt, wie er sich bemühte, ihre Röcke hochzuschieben, die sie zwischen den Beinen festgeklemmt hatte, doch als sie da auf dem Mahagonischreibtisch lag, der so stark und schwer war, dass er weder ächzte noch wegrückte, hatte sie gefühlt, dass ihr Rücken anfing wehzutun, und sich etwas zurechtgerückt, was er dazu ausgenutzt hatte, ihre Beine zu spreizen und die Röcke hochzuschieben, während sie ihn auf den Kopf schlug, und, abermals lächelnd, sagte sie dann, dass er ihre Schläge überhaupt nicht zu spüren schien, so außer sich sei er gewesen, er habe ihr Höschen zur Seite gezogen, und ihr sei nur eingefallen, ihm zu sagen, Sie werden es zerreißen!, doch er schien es nicht gehört zu haben, so blind und taub sei er gewesen, und plötzlich sei er in sie eingedrungen und habe jenes heiße Zeug in sie ergossen und dann schwer atmend über ihr gelegen, als schluchze er, und sie habe ganz stillgehalten, weil sie befürchtet habe, er sei in Agonie gefallen, doch ganz allmählich habe er sich wieder gefangen, und sie habe nicht mehr gewusst, ob sie böse werden oder weggehen sollte, er habe immer noch auf ihr gelegen, doch sie habe gefühlt, dass sie Krämpfe in den Beinen bekam, und es ihm gesagt, doch er habe nur zu ihr gesagt, Verzeih mir um dessen willen, was dir das Liebste ist, und sie habe die Angst und die Beklemmung, den Schmerz dieses Mannes aus diesen Worten herausgehört, der der Scham über sich selbst überlassen gewesen war, die lasche

Geste gesehen, mit der er sich von ihr löste und den Hosenstall zuknöpfte, und da habe sie unendliches Mitleid mit ihm gehabt und ihn angesehen und zu ihm gesagt, Möge Gott Ihnen immer einen klaren Verstand geben!, und ihre Putzarbeit wieder aufgenommen, als wäre nichts geschehen, und Senhor Napumoceno hatte die Tür geöffnet und war hinausgegangen, und sie hatte ihn noch auf der Straße gehen sehen, als sei er schon gleich am frühen Morgen betrunken, der arme Mann!, die Männer sind wirklich arme Kerle!, und darauf hatte sie ihre Arbeit zu Ende gemacht und war wieder nach Hause gegangen und an jenem fröhlichen Montag, an dem Sporting bereits Meister war, wieder zurückgekehrt. Doch an diesem Tag war Senhor Napumoceno glücklich und zu Scherzen aufgelegt gewesen und hatte mit ihr über die Arbeit gesprochen, ob das, was sie verdiente, ausreiche, ob sie das Spiel gesehen habe, doch es war so gewesen, als habe es jenen Samstag zwischen ihnen nie gegeben, denn in dem mehr als eine halbe Stunde dauernden Gespräch sei jener Samstag nie erwähnt worden. Nur als sie sich zum Gehen fertig gemacht hatte, habe Senhor Napumoceno die Brieftasche gezückt und ihr zur Feier des Sieges des Sporting 500$00 geben wollen.

Graça sagte, es sei dies der einzige Augenblick gewesen, an dem sie ihre Mutter habe unterbrechen wollen, um sie zu fragen, ob sie das Geld angenommen habe, doch sie habe keinen Ton herausbringen können und nur den Kopf gehoben und sie wortlos mit erschrockenen Blicken angeschaut, die darum flehten, dass sie aufhörte, doch an dieser Stelle habe ihre Mutter eine lange Pause gemacht, und daher habe sie ihren Kopf wieder in ihrem Schoß vergraben und wieder aus Scham geschluchzt, bis sie die Mutter sagen hörte, nein, vielen Dank, ich bin keine Hure, die sich für Geld zu einem Mann legt.

Senhor Napumoceno hatte eine ganze Weile geschwiegen, als schämte er sich, doch dann hatte er das Geld wieder in die Brieftasche gesteckt, nur gesagt, ich habe dich ein zweites Mal beleidigt, ich bitte ein zweites Mal um Vergebung. Er war hinausgegangen, und tagelang war aus Senhor Napumocenos zugeschnürter Kehle nur ein Guten Tag ohne einen weiteren Wortwechsel gekommen, doch als Dona Chica wieder einmal mit dem grünen Rock und der weißen Bluse gekommen war, da hatte er wieder die Tür abgeschlossen. Nur war er an jenem Tag nicht mehr verschämt gewesen, ganz im Gegenteil vielmehr zu Scherzen aufgelegt und gut gelaunt und hatte auf dem Wege eigens immer wieder haltgemacht, erforscht, berührt, war eingedrungen und wieder herausgekommen, und erst als sie zu jammern begann, hatte er einen furiosen Galopp begonnen, und sie hatte sich auf die Lippen gebissen, um nicht zu schreien, und er hatte Mordsweib! gesagt, und bei den Malen, die darauf folgten, war das ganze Eingangshinundher nicht mehr vonnöten, warum auch, wo wir beide es doch wollten, nur fand es immer auf diesem hölzernen Schreibtisch statt, der, gebe Gott, noch immer dort stehen möge, denn als Bett war er zwar hart, doch als Schreibtisch vortrefflich.

## 5

Es hatte viel Gerede gegeben, als Senhor Napumoceno die J. Baptista, Lda., verließ, und vor allem die Lästerzungen überschlugen sich beinahe öffentlich mit Bemerkungen wie, Jetzt hat er genug abgesahnt und sucht nun das Weite, er muss in Geld schwimmen, wahrscheinlich haben sie ihm den Hahn abgedreht, und deshalb will er auf eigene Rechnung klauen, daneben gab es auch ihm offensichtlich günstig gesonnene Überlegungen wie Wohl dem Dieb, der einen Dieb beraubt, er hat nur gut daran getan, den Baptista zu berauben, der nichts anderes getan hat, als diese Stadt auszuplündern, man muss sich nur die armen Leutchen ansehen, die miterleben mussten, wie ihre Häuser verpfändet und wegen der Schulden und der unerschwinglichen Zinsen unter den Hammer kamen, man erzählte sich sogar, dass der Baptista einen wohlhabenden Eigentümer aus Santo Antão wegen Schulden von 30 000 in den Selbstmord getrieben hatte, die wegen der monatlich berechneten und kapitalisierten Zinsen in zwei Jahren auf 200 000 gestiegen waren. Die Firma J. Baptista wurde beschuldigt, die Eigentümerin von mehr als der Hälfte aller Häuser in São Vicente zu sein, und es wurde auch behauptet, dass sie an der anderen Hälfte nicht interessiert gewesen sei und sie deshalb habe versteigern lassen, das Gericht funktionierte damals gut und hatte alle Hände voll zu tun, und es ging nur darum, wer mehr bot, aus diesem Grunde war J. Baptista gehasst und gefürchtet, und wer ihn beraubte, der musste gepriesen werden. Dennoch wurde niemals bekannt – noch hat Senhor Napumoceno es je gesagt oder geschrieben, wie viel Kapital er besaß, als er seine Stellung als Untergeschäftsführer in der Baptista, Lda., aufgab, und mit Gewissheit wusste man nur, dass er damals bereits jenen »Fußballplatz« in Salinas besaß, den er bei einer von der J. Baptista gemachten Versteigerung für den Wert der Schulden ersteigert hatte, obwohl er mindestens zehnmal mehr wert war.

Damals war Senhor Napumoceno ein lächelnder junger Mann gewesen, und er lächelte weiter, als er auf der dritten Versteigerung mitbot, das erste Mal war das Lagerhaus für seinen wahren Wert unter den Hammer gekommen, und keiner wollte es, es hieß, dass alles zwischen denen, die Geld hatten, vorher ausgemacht war, das zweite Mal für den Wert der Schulden plus der Hälfte, und wieder wollte es niemand, und beim dritten Mal kam er allein, und es war nur noch der Wert der Schulden angesetzt, und so wurde er Eigentümer und Herr jener Welt.

Der ehemalige Eigentümer beschuldigte Senhor Napumoceno öffentlich, ein kleiner Schwindler aus São Nicolau zu sein, der nur gekommen war, um ehrenwerte Leute zu betrügen, und zwei Tage lang lief er durch die Büros der J. Baptista und schimpfte sie Diebe, Ausbeuter des Volkes, der Tag wird kommen, an dem euch jemand in die Hände bekommt, ihr Bande von geldgierigen Räubern. Er brüllte es, damit alle es hörten, und es war Pé de Pulginha, der ihn beruhigte, reg dich nicht auf, Diogo, Senhor Baptista wird damit einverstanden sein, den Wechsel zu ändern, um später, als es bereits zu spät war, als Diogo schon nichts mehr machen konnte, im Namen des Mistkerls von Baptista zu erscheinen und sich auf die Forderungen der Bank zu berufen, der Wechsel selbst sei schon protestiert worden, und da gäbe es eben nur noch Zwangsvollstreckung, Pfändung und öffentliche Versteigerung. Doch am dritten Tag, nachdem er sein Klagelied angestimmt hatte, kam gleich die Polizei, Sie sind wegen Erregung öffentlichen Ärgernisses festgenommen, im Schnellverfahren, Diogo bekam eine fünfjährige Bewährungsstrafe und durfte die Namen von J. Baptista und Napumoceno Araújo nicht erwähnen. Doch Jahre später, damals war Senhor Napumoceno bereits ein bekannter Kaufmann mit einem guten Namen, der in der Kaufmannschaft Prestige und in der Gesellschaft Ansehen hatte, stellte er den Diogo als Nachtwächter in der Firma Araújo, Lda., ein, weil er fand, dass jemand, der nicht verzeihen könne, nicht den Namen Gotteskind verdiene.

Doch obwohl man nie erfuhr, wie viel er bei der J. Baptista abgezweigt hatte, sagte man, dass es zweifellos für beide lohnend gewesen sei, weil er nun keinen Chef mehr und der Baptista einen Dieb weniger in seiner Firma hatte. Dennoch, als während des Wahlkampfes zur Wahl der Stadtverordneten sein Vorgehen beim Vorsitzenden des Gemeinderates während der tragischen Überschwemmung bekannt wurde und all das, was er getan hatte, und sogar seine Reise nach Boa Vista, wohin er eigens gereist war, um Kalk für den Wiederaufbau der Häuser der von der Überschwemmung betroffenen Armen zu organisieren, begann Senhor Napumoceno die Aureole eines Mannes zu umgeben, der ein Herz für die Probleme der Armen besaß. Natürlich leugnete er stets dieses Vorgehen, er sei nur ein armer Kaufmann, der geholfen habe, so gut es eben ging, vor allem verdanke man dem Herrn Vorsitzenden des Gemeinderates viel, er selbst sei nur ein einfacher Stadtverordneter, der nur aufgrund seiner Erfahrungen und seiner Kenntnis der Armut Ratschläge gegeben habe, die Idee mit dem Kalk habe er gut gefunden, weil es billiger war ...

Doch allmählich hieß es, Senhor Napumoceno habe den Kalk aus Boa Vista auf eigene Kosten kommen lassen und ihn der Gemeindeverwaltung für die Bauvorhaben für die Armen übergeben. Als er dazu befragt wurde, sagte er weder ja noch nein, er beschränkte sich darauf, zu lächeln und zu sagen, dass er in der Tat auf Boa Vista gewesen sei, dort den großen Kaufmann der Insel, Herrn David Ben'Oliel kennengelernt habe und sie durchaus über das Unglück gesprochen hätten, das die Armen von São Vicente betroffen hatte, und es sei daher normal gewesen, dass ein so bedeutender Mann wie er sich in den Dienst des Volkes gestellt habe, so wie es im Übrigen alle Menschen mit einigem Vermögen getan hätten. Er, Araújo, sei nur einer von vielen, ein möglicherweise notwendiger Vermittler für eine umgehende Umsetzung der Dinge gewesen. Doch darin habe er aus vaterländischer Pflicht gehandelt, als Mann, der aus dem Nichts gekommen und jetzt wohlhabender sei als die meisten. An das Geschäft habe er nicht gedacht, denn als Geschäft hätte das alles nur Ärger gebracht.

Wahr ist allerdings, dass Senhor Napumoceno Salz, Ziegenhäute und Färberflechte exportierte, Salz nach Afrika und den Rest nach Europa exportierte und dass er dafür Artikel bekam, deren Absatz auf dem heimischen Markt garantiert war und die entweder gleich auf dem Kai verkauft oder umgehend auf die kleinen Inselschiffe umgeladen wurden. Man glaubte daher an ein umfangreiches Vermögen, doch niemand wusste konkret, wie groß es war, und selbst Carlos hatte nie gewusst, wie hoch Soll und Haben seines Onkels waren, obwohl er fast alle Geschäfte in seiner Hand hatte. Senhor Napumoceno schob nämlich irgendwie intuitiv eine vollkommene Aufklärung immer auf, du bist noch zu jung, um gewisse Dinge zu verstehen, mit der Zeit und ganz allmählich wirst du am Ende alles verstehen. Carlos wusste seinerseits nur, dass es viele Dinge gab, von denen er nichts wusste, die der Onkel nicht in seine Hände geraten ließ. Im Laufe der Zeit hatte Carlos am Ende nur begriffen, dass sein Onkel ein in sich gekehrter Mensch war, hatte er ihn doch einmal, noch vor dem elektrischen Türöffner, als er in das Büro trat, ohne vorher um Erlaubnis zu bitten, reglos, als wäre er tot, mit offenen Augen am Schreibtisch sitzen sehen, und er hätte vor Schreck geschrien, wenn Senhor Napumoceno sich nicht an ihn gewandt hätte, um ihm zu sagen, dass eine verschlossene Tür so etwas wie die Fortsetzung der Wand sei und nie ohne Erlaubnis geöffnet werden dürfe. Carlos sagte zu Maria da Graça, dass es zweifellos zwei Napumocenos gegeben habe: einen vor Amerika und einen nach Amerika. Doch ich glaube, ich mochte den anderen lieber, den, bevor er Amerika kennenlernte. Denn als er zurückkam, brachte er sogar einen Wagen mit und behauptete, dass ein Wagen in Amerika zwei Jahre nützlich ist und es Zeit- und Geldverschwendung ist, ihn länger zu behalten. Doch Senhor Napumoceno hatte nicht den Mut gehabt, den grünen Ford zu verkaufen, er ließ ihn in der Garage verrotten. Seine Theorie war, bewahre auf, was du nicht brauchst, dann wirst du finden, was du brauchst. Im tiefsten Innern, ganz im Innern hatte er nie aufgehört, ein armer Mann aus São Nicolau zu sein.

Und tatsächlich wurde der alte Ford ganz verrottet mit verrostetem Motor in der Garage gefunden, und obwohl er im Testament mit mindestens 120 000 veranschlagt war, sah man, dass es nicht einmal mehr die Mühe lohnte, ihn auf den Müll zu werfen. Schlampiger Alter, schimpfte Senhor Fonseca. So ein wahres Museumsstück verrotten zu lassen, das in gutem Zustand ein Vermögen wert gewesen wäre. Denn es handelte sich um einen dunkelgrünen Ford Modell T aus dem Jahre 1918, den Senhor Napumoceno gleich in dem Jahr nach den schicksalsträchtigen Überschwemmungen bestellt hatte. Er hatte beschlossen, die erste Person auf dieser Insel zu sein, die einen Wagen fuhr, und erst als der Wagen durch den Zoll war, fiel ihm ein, dass er weder einen Führerschein besaß noch fahren konnte. Dennoch wollte er es nicht hinnehmen, dass ein anderer vor ihm einen Wagen fuhr, und es gab ein Fest in der Stadt, als er am Lenkrad seines Ford, von vier Männern geschoben, durch die Rua de Lisboa fuhr.

Er ließ seinen Wagen vorerst im Lagerhaus stehen, das ihm als Garage diente, und machte sich daran, unter der Anleitung von Senhor Isidoro, einem erfahrenen, strengen Fahrlehrer, zu üben, dem immer ein paar deftige Schimpfworte auf der Zunge lagen, wenn es darum ging, die Ungeschickten zu strafen. Solange es nur geradeaus die Straße entlangging, lief alles wunderbar, und es gab für beide keinerlei Grund zur Klage. Bei den Manövern indes traten Schwierigkeiten auf, weil Senhor Napumoceno nicht mit dem Rückwärtsgang klarkam, und eines Tages schlug er das Lenkrad so stark ein, dass Isidoro, der mitten auf der Straße stand und von fern seine Anweisungen gab, ihm zurief, er solle das Scheißding gerade stellen. Doch Senhor Napumoceno stieg so heftig auf die Bremse, dass der Wagen absoff, Isidoro, der das nicht mitbekommen hatte, brüllte weiter, Mann Gottes, nicht dahin, doch Senhor Napumoceno war bereits mit grimmigem Gesicht ausgestiegen, ich bezahle dich und lasse weder Unverschämtheiten noch Schimpfworte zu. Ich weiß, dass du für dein Schandmaul bekannt bist, aber entweder entschuldigst du dich sofort, oder ich erkläre auf der Stelle unseren Vertrag für ungültig und gehe zu Fuß nach Hause. Sie waren in der Gegend von Ribeira Julião, dennoch wollte Senhor Isidoro Senhor Napumoceno davon überzeugen, dass er nicht die Absicht gehabt habe, ihn zu beleidigen, er habe das nur so gesagt, und erst nach einem formellen Ich bitte um Vergebung für die unflätige Ausdrucksweise! ließ sich Senhor Napumoceno dazu herab, wieder ins Auto zu steigen. So kam es, dass er nie lernte, rückwärtszufahren, ein Manöver, von dem er sagte, es sei äußerst gefährlich, so ungeheuer gefährlich, dass sogar die Straßenverkehrsordnung es verbiete, mehr als fünf Meter rückwärtszufahren! Deshalb war seine Garage zu Hause ein großer Korridor mit zwei Ausgängen, und er parkte niemals so, dass er jene Gesetzesübertretung hätte begehen müssen. Doch was den Rest anbetrifft, so lernte er schnell, weil er das Lagerhaus dazu benutzte, zwei Stunden pro Tag in seinem Ford zu üben, und daher fuhr er an dem Tag, an dem er seinen Führerschein erhielt, gleich mit seinem Wagen los, und niemand hätte gewagt zu sagen, dass er ein Mann war, der gerade seine Prüfung gemacht hatte. Was man damals sofort und auch in den folgenden Jahren sagte, war, dass seiner zweifellos der sauberste und gepflegteste Wagen der Stadt sei, und es stimmt, dass Senhor Napumoceno extra einen Autoputzer anstellte, der täglich, von neun Uhr morgens bis zwölf Uhr mittags im Lagerhaus eingeschlossen, das Auto reinigte, abrieb und polierte, und er selbst hatte stets Flanelltücher im Handschuhfach, mit denen er über die Stelle wischte, die ein Unachtsamer oder Übermütiger mit der Hand berührt hatte. Er sagte in seinem Testament, dass es ihn mit ungeniertem, edlem Stolz erfülle, in den fast vierzig Jahren, die er gefahren sei, niemals auch nur den kleinsten Unfall gehabt, nie eine Geldbuße bezahlt zu haben, niemals von den zuständigen Behörden auch nur zart gemahnt worden zu sein.

Es scheint indes, dass Senhor Napumoceno, nachdem er seinen Führerschein gemacht hat, eine Familie zu gründen beschloss. Nicht dass er dies im Testament ausdrücklich erwähnt hätte, und es wäre auch nie herausgekommen, hätte

Graça in ihrem beharrlichen Bemühen, ihren verstorbenen Vater besser kennenzulernen, sich nicht eifrig darangemacht, alle Kritzeleien zu entziffern, die er im Haus verstreut hinterlassen hatte, was ihr reichhaltiges Material über eine gewisse Adélia verschafft hatte, die das Leben des Verstorbenen sehr beeinflusst zu haben schien. Im Testament berichtete er in allen Einzelheiten von der aufkeimenden Liebe in Boa Vista, doch er sagte nur, dass er, nachdem jener Versuch gescheitert war, erst viele Jahre später ein drittes Mal daran gedacht habe, eine Familie zu gründen, wie jeder anständige Mann ein Heim zu haben. Als er jedoch diese edle Absicht jemandem gestanden habe, den er zu seiner engen Familie zugehörig ansah, habe diese Person, möglicherweise von kleinlichem Interesse getrieben, ihm dieses Vorhaben ausgeredet, indem sie ihn ausdrücklich auf sein Alter hingewiesen habe. Und er habe sich dann damit abgefunden und würde am Ende ledig sterben. Aufgrund dieser Passage sah sich Carlos von Maria da Graça bedrängt, die sagte, das kannst nur du gewesen sein, mein lieber Vetter, weil ich damals noch nicht zur Familie gehörte. Doch Carlos verteidigte sich, erinnerte sich an gar nichts, der Typ hatte zu sehr seinen eigenen Kopf, als dass er mich je nach meiner Meinung über so was gefragt hätte, er war jemand, der geheiratet und es mir erst am nächsten Tag erzählt hätte, ich bin ganz davon überzeugt, dass das wieder eine von seinen Marotten ist, doch fiel ihm dann ein, dass er den Onkel eines Tages sehr in sich gekehrt vorgefunden hatte und besorgt wegen der Beinahetraurigkeit des Mannes gewesen war und ihn gefragt hatte, ob irgendetwas nicht richtig gelaufen sei, er hatte nein geantwortet, mit den Geschäften liefe alles sogar ausgezeichnet, doch er fühle sich so einsam, wirklich sehr einsam in dem großen Haus, und daher denke er daran zu heiraten. Carlos hatte gesagt, aber ja doch, das ist eine gute Idee, Sie brauchen wirklich eine Gefährtin, Onkel, Sie haben dafür schon genug gearbeitet. Und ich bin ganz sicher, dass Sie unter den Damen der Gesellschaft, der Sie angehören, eine angemessene Braut auszusuchen wissen, denn Ihr Alter und Ihre soziale Stellung passen nicht zu jeder. Sie sind doch schon über 60, nicht wahr, Onkel? Senhor Napumoceno sagte zu ihm, dass er schon 65 sei und noch immer keine Braut habe. Es sei nur so ein Gedanke gewesen. Das ist damals passiert, mehr nicht, schloss Carlos. Wenn er nicht geheiratet hat, dann nur, weil er es nicht wollte, und jetzt gibt der Undankbare mir die Schuld daran.

Weil sie nichts Konkretes über den dritten Heiratsversuch ihres Vaters in Erfahrung bringen konnte, machte sich Graça auf die Suche nach jener Adélia im Leben von Senhor Napumoceno und bekam schließlich eine ziemlich genaue Vorstellung, sei es von der Liebe an sich, sei es von deren im Testament ausgelassenen unglücklichen Ausgang, war doch Adélia das Thema von fünf 42-seitigen Schulheften und noch anderer Schriftstücke, die ihr gewidmet waren. Gleich im ersten Heft erklärte Senhor Napumoceno, er habe beschlossen, die Nachwelt und jene, die dies einmal lesen würden, sollten als Beispiel und zur Erbauung von der Liebestragödie erfahren, die ihm mehr als alles sonst auf der Welt sein Leben zugrunde gerichtet habe. Er erwähnte gleich eingangs, dass er wohl wisse, dass man auf ihn als jemanden zeigte, der sein Vermögen mit dem Schmuggel von Getränken und Schmuck gemacht habe, Behauptungen, die er weder bestätigte noch abstritt. Allerdings könne es nur einem Verrückten einfallen, sich einer solche Anschuldigung je zu schämen, denn ihm sei es nie in den Sinn gekommen, dass Schmuggel ein Verbrechen sei. Er habe ganz im Gegenteil die Bezahlung von Zollgebühren für nichts anderes als eine versteckte Erpressung gehalten, will heißen, der Staat greift einem in die Tasche, ohne eine positive Gegenleistung anzubieten. Daher habe er vorgezogen, diese Gebühren mit den anderen zu teilen, und zwar zu Anteilen, die weniger hoch seien als die des Staates. Als er sich selbstständig gemacht habe, habe er seinerseits diese wider den Stachel löckende Haltung, aber auch ein gewisses liederliches Gesellschaftsleben in den Bars von Lombo und die Gesellschaft von Frauen mit nicht ganz zweifelsfreiem Ruf aufgegeben. Dies habe seiner Männlichkeit jedoch keinen Abbruch getan. Ganz im Gegenteil, in vielen Nächten heimlicher Aktivitäten habe er, wenn auch diskret und ohne Aufsehen zu erregen, bewiesen, dass er Manns genug für jede Frau sei, selbst für die anspruchsvollste. Doch was ihn vor allem dazu veranlasst habe, sein Leben zu verändern, war, dass er bei seinen Besuchen der schlecht beleumundeten Lokale einer Tänzerin begegnet sei, einem Prachtweib, das einem das Wasser im Munde zusammenlaufen ließ, die viel Erfahrung hatte, jedoch keine Prostituierte war und allen Männern mit ihren Versprechungen von einer traumhaften Nacht im Bett den Kopf verdrehte, die bislang jedoch niemand erlebt hatte. Senhor Napumoceno hatte sie kennengelernt und beschlossen, dass er mit ihr schlafen musste. Und er belagerte sie so galant und inständig mit Abendessen und Spaziergängen und Geschenken und Festen, dass er schon nach einer Woche einen Triumph feiern konnte, wo die anderen noch nicht mal nach fast einem Monat Erfolg hatten. Es war nur eine Nacht, doch Senhor Napumoceno würde sie sein ganzes Leben lang als eine ruhmreiche Nacht in Erinnerung behalten, weil die Tänzerin ihn mit Gesten und Worten und Liebkosungen beglückte, die ihm bislang vollkommen unbekannt gewesen waren, und als sie ihm vorschlug, was er von da an immer *voulez-vous descendre à la cave* nennen sollte, stieg er hinunter und tauchte ein, verlor sich und vergnügte sich eine ganze Nacht im Keller. Doch am Tag darauf war sie bereits aus der Stadt verschwunden, und drei Tage lang suchte er sie wie ein Besessener in allen Vergnügungslokalen von Mindelo, ohne sie zu finden, und gab seine Suche nicht auf, weil er fühlte, dass dies mindestens eine Wiederholung verdiente. Sie hatte ihn mit Zärtlichkeiten vertraut gemacht, die er nur aus Büchern kannte, und das nicht einmal besonders gut. Und daher weigerte er sich, sie einfach so, ohne einen Abschied zu verlieren. Doch am dritten Tag begann er, beim Wasserlassen ein gewisses Brennen zu verspüren, und am vierten Tag wusste er aus sicherer Quelle, dass sie ihm eine Gonorrhö verpasst hatte. Die Traumnacht hatte ihm aber derart zugesetzt, dass er sie noch beharrlicher auf den Straßen und in den Kneipen der Stadt und überall dort suchte, wo er meinte, es handele sich um eine Absteige oder eine Kneipe, bis er endlich herausfand, dass sie wieder abgereist war. Voller Scham ließ er 15 Tage verstreichen, ohne eine Medizin zu nehmen, und musste sich dann hohen Dosen mit dem Antibiotikum 914 aussetzen, an die er erst nach langwierigen Untersuchungen bei einem kompetenten Spezialisten in Lissabon glaubte, weil seine größte Sorge gewesen war, ob man das auch im Mund bekommen konnte, er aber nicht ins Detail gehen und sagen wollte, dass er mit seinem Schnurrbart in jenen Algen zugange gewesen war. Daher behielt er seitdem die Angewohnheit bei, immer eine Zahnpasta in seiner Jackentasche zu haben, weil er fürchtete, man könnte zufällig an ihm einen unangenehmen Duft ausmachen.

Doch nachdem er sich 50 Jahre fest innerhalb der Kaufmannschaft etabliert hatte, ein geachteter Stadtverordneter war und endgültig von seinem Leiden geheilt und bereit für ein neues war, wie der Doktor in Lissabon gesagt hatte, dachte

Senhor Napumoceno, dass nun der Augenblick gekommen war, eine Familie zu gründen, vor allem auch, weil die Angst, eine mondäne Krankheit zu bekommen, ihn unweigerlich ans Haus fesselte. Dennoch, und um der Wahrheit zu genügen, muss gesagt werden, dass er die Lebewelt und die Prostituierten nie häufiger oder unmäßiger frequentiert hatte als die anderen Männer. Er war immer ein ordentlicher Mensch gewesen und rühmte sich immer, aus den ersprießlichen Einflüssen, die sein Leben geformt hatten, Gewinn gezogen zu haben. Und während der Jahre, die Carlos mit ihm verbrachte, machte er ihn fast täglich darauf aufmerksam, dass es unabdingbar sei, die Meinung der Älteren nicht außer Acht zu lassen. Ein Mensch, der nicht zuhören kann, der nicht die grundlegenden Prinzipien der Achtung vor den Alten sein Eigen nennt, könne nicht erwarten, dass man ihm folge, wenn er erwachsen ist. Ein guter Junge akzeptiert den Gehorsam als oberstes Gebot, lehrte ihn Senhor Napumoceno, und man konnte ihm gewiss nicht vorwerfen, dass er selbst die nützlichen Vorschläge missachtet hätte. Er war als Junge barfüßig aus São Nicolau gekommen und am Zollkai mit einem riesigen amerikanischen Koffer von Bord gegangen, der indes fast leer war, da er nur zwei Hosen und drei Hemden besaß und ein paar Münzen in der Tasche hatte. Eine alte Tante, die in Fonte Filipe lebte, war seine einzige Kontaktperson auf der Insel, und als ihm eine Trägerin namens Jovita anbot, ich trag dir deinen Koffer, sagte er Fonte Filipe, das Haus von Senhora Guida, und während sie sich niederkniete, um den Koffer auf den Kopf zu wuchten, sagte sie, das ist sehr weit. Er erschrak, weil er keine Ahnung hatte, was sie ihm abnehmen würde, er wusste nur, dass alles ganz anders war als auf São Nicolau, wo er seinen Koffer selbst tragen konnte. Er ging, hinter Jovita hertrottend, über die Rua de Lisboa, den Platz Largo do

Palácio und Fonte de Cónego hinauf, war hingerissen davon, wie wunderbar Mindelo war, noch nie hatte er so viele Leute auf einmal gesehen, und er schämte sich, weil er barfuß hinter dieser Trägerin herging, die Plastiksandalen trug. An jenem Tag verließ er das Haus nicht mehr, weil er fürchtete, sich in der riesigen Stadt zu verlaufen oder von Banditen überfallen zu werden, von deren Existenz er wusste und die die Leute Tag und Nacht verfolgten. Und obwohl ihn seine Tante beruhigte, ganz so schlimm sei es nun auch wieder nicht, es könnte den einen oder anderen geben, aber dass die Leute am helllichten Tag überfallen würden, sei nicht an der Tagesordnung, verschloss er anfangs die Hosentasche, in der er sein weniges Geld verwahrte, immer mit einer Sicherheitsnadel. Doch als ihm seine Tante ein paar Tage später sagte, er müsse sich Plastiksandalen kaufen, hatte er bereits das Bedürfnis, seine kräftigen Füße in Schuhe zu stecken. Und er hatte sich tatsächlich für den Alltag Sandalen und für sonntags Tennisschuhe gekauft.

Senhor Napumoceno hatte ein Geschenk für jemanden mitgebracht, eine Pfeife aus Bombadeira-Holz, die sein Onkel für Dr. Gilberto Sousa schickte, der zwar zu den vornehmen Leuten auf São Vicente zählte, aber ein alter Schulfreund war. Erst zwei Wochen nach seiner Ankunft brachte er den Mut auf, dorthin zu gehen, um das Geschenk zu übergeben, doch er war erstaunt, dass der Doktor, nachdem er sich nach dem Onkel und dem Leben auf São Nicolau erkundigt hatte, zu ihm sagte, er müsse als Allererstes irgendeine Arbeit finden, und sich bereit erklärte, ihm im Rahmen seiner Möglichkeiten dabei zu helfen.

Fast am Ende seines Lebens sollte er noch einmal sagen, dass er seine erste Anstellung einer Pfeife verdankte, deren Kopf einen Ziegenkopf darstellte. Denn dank Dr. Sousa begann er wenige Tage später, bei Millers als Laufbursche in einem Ort zu arbeiten, den er nicht kannte. Doch vielleicht lernte er ihn gerade deswegen so schnell und so gut kennen, und wenig später fühlte er sich hier zu Hause wie früher in São Nicolau, hatte überall Bekannte, und es dauerte nicht lange, da erhielt er Einladungen zu Tanzfesten am Samstagabend und sogar zu Festen im Familienkreis. Doch er ließ es sich nie nehmen, jeden Samstagnachmittag den Herrn Doktor zu besuchen, denn er fühlte sich geehrt und glücklich, dass ein Mann mit Universitätsstudium ihm so aufmerksam zuhörte, wenn er sich an seine Insel erinnerte. Eines Tages sprach er vom schlechten Ruf, den São Vicente auf São Nicolau hatte, sagte, dass es ein verderbter Ort sei, eine Art Sodom und Gomorrha, wer dort einmal hinkam, würde nie wieder wegkommen … Doch der Doktor lächelte nur, São Vicente ist wie jeder andere Ort, man muss nur wissen, mit wem man sich zusammentut, wen man sich zu seinem Freund macht. Denn hier hast du Möglichkeiten, die du in São Nicolau nie hättest. Dort erwartet einen nach sechs Schuljahren nur die Hacke für die Feldarbeit. Aber hier kannst du, wenn du abends zur Schule gehen willst, zu den Nachhilfestunden gehen und am Ende des Jahres deine Prüfung machen. Selbstverständlich kannst du es vorziehen, ins Kino oder in die Kneipen zu gehen, anstatt zu lernen. Aber gewiss ist, dass du hier mehr Möglichkeiten hast als auf den anderen Inseln.

Senhor Napumoceno konnte nie sagen, ob es eine angeborene Neigung zu den Büchern oder der Einfluss von Dr. Sousa oder nur die Herausforderung eines Kollegen gewesen war, die ihn studieren ließ. Denn im darauffolgenden Jahr hatte er begonnen, mit einem Arbeitskollegen, der sagte, er wolle heraus aus dem Elend, für die sechste Klasse zu lernen. Aber immer mitten im Jahr gab er seine Studien auf, und drei

Jahre später hatte er die neunte Klasse abgeschlossen. Er war stolz auf seine Heldentat und darauf, von Dr. Sousa gelernt zu haben, dass das Erste, was einen Mann ausmacht, ist, sich selbst zu achten, und nur sehr ernste Gründe einen erwachsenen Menschen dazu bringen dürften, etwas aufzugeben, was er einmal begonnen hatte, weil er es für gut erachtet hatte. Er rühmte sich stets, aus eigenem Antrieb und aus eigener Kraft im Leben vorangekommen und dem Doktor nur diesen einzigen, winzigen Gefallen schuldig zu sein.

Nach Beendigung der neunten Klasse begann er, bei J. Baptista, Lda., zu arbeiten, und zwar jetzt als Buchhalter und ohne die Last, São Vicente von einem Ende zum anderen zu durchqueren, um Briefe auszutragen. Dennoch brauchte es nicht lange, bis er merkte, wie wichtig die Bekanntschaften waren, die er in den vergangenen vier Jahren gemacht hatte. Denn er kannte alle Kaufleute an der Bucht, alle Schiffer, Zollbeamten und Polizisten, und bald schon schickte Senhor Baptista den Araújo, wenn es darum ging, so zu tun, als würde er Waren aus dem Zolllager verschiffen, um sie dann doch an Land zu lassen, denn der Araújo wusste, wer ein Auge zudrückte und wie viel er dafür verlangte, wer unbestechlich war oder einfach nur bösartig, und er begann, nur aus Liebe zur Firma und aus Lust daran mitzumachen, den Staat zu betrügen, denn er sah nicht ein, wozu man Zoll dafür zahlte, dass etwas ins Land kam. Doch dann wurde ihm klar, dass er persönlich ein Risiko einging, um seinen Chef immer reicher werden zu lassen, und verlangte eine Gewinnbeteiligung.

Er füllte fast von Beginn an die Funktionen eines Untergeschäftsführers aus, ohne je offiziell diesen Posten zu erhalten. Doch wie Senhor Baptista sagte, war er der einzige seiner Angestellten mit etwas Hirn im Kopf. Wer zum Beispiel außer dem Araújo wäre auf die Idee gekommen, an die wichtigen Leute im Ort Weihnachtskarten zu schicken, die je nach Stellung des Empfängers selbstverständlich von Kisten mit Champagner oder Whisky und immer mit den besten Wünschen für den hochverehrten Herrn und seine hochverehrte Familie begleitet wurden. Und die Leute, bei denen solche Kisten nicht lohnten, die aber der Firma irgendwie nützlich waren, erhielten am Jahresende einen verschlossenen Briefumschlag der Firma. Zu alldem hatte der Araújo geraten. Und so begann Senhor Baptista, allmählich Autorität an ihn abzugeben, sodass er, wenn er aus dem Hause ging, laut, damit alle es hörten, sagte, wenn irgendwas ist, der Araújo macht das schon.

Nachdem er drei Jahre in der J. Baptista, Lda., gearbeitet hatte, begann Senhor Napumoceno mit dem Bau seines Hauses. Damals war Alto Mira-Mar ein Ödland, das keiner wollte, doch Senhor Napumoceno sah, wie schön es sein würde, immer die Bucht vor Augen zu haben, wenngleich es anstrengend war, dort hinaufzukommen. Eines Tages werde ich einen Wagen haben, dachte er. Und so lief er in der Mittagspause zur Baustelle hinauf, um mit den Maurern zu streiten. Damals wurden noch keine Pläne oder Berechnungen gefordert, alles wurde nach Augenmaß und dem Geschmack des Besitzers gebaut, und er bestand darauf, dass das Haus aus dem Ödland herausragen sollte. Deshalb, und nur ein einziges Mal Konzessionen in Bezug auf die Farbe eingehend, ließ er das Haus außen rot, doch die drei Schlafzimmer, die Veranda, das riesige Wohnzimmer und sogar die kleine Eingangshalle grün streichen.

Nachdem er in das neue Haus gezogen war, begann Senhor Napumoceno, darüber nachzudenken, dass es zu groß für einen einzigen Mann war, und wenn auch nur sehr vage, freundete er sich mit dem Gedanken an eine Familie an, eine

Frau wie Dona Rosa, die ihn lächelnd an der Tür erwartete, wenn er müde von der Arbeit kam, kleine Kinder, die ihm zwischen den Füßen herumwuselten. Er war längst über 30, es schien ihm ein ausgezeichnetes Alter, um sesshaft zu werden, und die Auswahl war auch groß. Bis zu diesem Tage hatte er noch nie eine feste Beziehung, nur hier und da eine unverbindliche Liebschaft gehabt. Einmal hatte er ein junges Mädchen liebgewonnen, anfangs nur aus Freundschaft, er saß gern mit ihr zusammen, um sich mit ihr zu unterhalten, und sie waren sogar ein paarmal als Freunde miteinander ausgegangen. Aber er besuchte sie am liebsten zu Hause, wo sie dann stundenlang im Wohnzimmer saßen, die Mutter hielt sich, während die beiden im Salon lachten und scherzten, derweil in der Küche oder in ihrem Schlafzimmer auf. Langsam wurde er vertrauter, ging gleich in den Garten, wenn er ankam und sie nicht zu sehen war, doch es kam ihm nicht in den Sinn, sie zu bitten, seine feste Freundin zu sein, er wollte nur ihre Gesellschaft, und es passierte durchaus, dass sie sich auf der Rua de Lisboa trafen, wenn er von der Arbeit kam, und dass er sie nach Haus brachte. Und ganz allmählich fand er, dass Armanda nicht nur ein hübsches Mädchen war, sondern dass sie auch eine ausgezeichnete Gefährtin sein würde, so überlegt, wie sie war, immer im Hause, überhaupt nicht auf Feste aus oder Flirts. Doch nachdem sich ihre Freundschaft entwickelt hatte, fiel es ihm schwer, sie zu fragen, ob sie mit ihm gehen wollte, ohne ihrer ernsten Absichten gewiss zu sein, und daher schob er es immer wieder auf, sich ihr zu erklären, denn weder er noch sie schienen es eilig zu haben. Nachdem zwei Monate mit diesen beinahe täglichen Besuchen ins Land gegangen waren, kam er eines Tages und ging, als er Armanda nicht sah, gleich in den Garten. Doch anstatt auf Armanda traf er dort auf Senhora Nizinha, die Mutter, die seinen Gutenabendgruß kaum erwiderte und ihm unvermittelt und unvorbereitet sagte, dass sie wissen müsse, was es zwischen ihm und ihrer Tochter gebe, weil die Leute schon anfingen zu reden. Er stand mit offenem Mund verdattert da, so etwas hatte er nicht erwartet, und als er nichts sagte, hielt es Senhora Nizinha für richtig, ihm etwas auf die Sprünge zu helfen, und fügte hinzu, dass schon erzählt würde, die beiden gingen zusammen, und sie wisse von gar nichts. Senhor Napumoceno schrieb später, er habe sich gefühlt, als hätte der Heilige Geist ihn erleuchtet. Denn in dieser ernsten Stunde habe er geahnt, dass Senhora Nizinha ihn dazu zwingen wollte, eine Entscheidung für etwas zu treffen, für das er sich noch nicht entschieden hatte. Er sah nämlich, dass sie ihn nicht danach fragte, um es zu erfahren und sich dem möglicherweise entgegenzustellen, sondern einfach nur in der Absicht, ihre Beziehung offiziell zu machen, ihn dazu zu bringen, dies der Familie mitzuteilen, vielleicht sogar als erklärter Verlobter im Hause zu verkehren. Er sagte, er habe sich in jenem Augenblick schon in Anzug und Krawatte zum Standesamt gehen sehen, Armanda in Weiß und mit Girlanden, und gedacht, dass dies etwas sei, was man zu zweit, ohne fremdes Eingreifen entschied. Und er habe sich plötzlich Senhora Nizinha die Wahrheit sagen hören, wir haben nichts miteinander, wir sind nur Freunde. Senhora Nizinha schien diese schlichte Antwort nicht erwartet zu haben und war einen Augenblick lang verblüfft, ungläubig, doch sie reagierte dann, indem sie sagte, dass ihr erzählt werde, die beiden seien auf der Praça Estrela und an anderen Orten zusammen gesehen worden, sie wisse wohl, dass sie miteinander ausgingen, wie käme es da, dass sie nur Freunde seien? Und da er weiterhin darauf bestand, dass sie nur Freunde seien, sagte Senhora Nizinha, Wenn es nur Freundschaft ist, dann erscheinen Sie bitte weniger hier im Haus, lassen Sie mein Mädchen in Ruhe, denn die Leute zerreißen sich schon das Maul über sie. Senhor Napumoceno blieb nichts anderes übrig, als wohlerzogen zuzustimmen. Er sagte, sie habe ja möglicherweise recht, er besuche ihr Haus zu häufig, er werde es in Zukunft vermeiden. Denn er schämte sich zu erklären, dass er sich noch nicht in der Lage fühlte, die Verlobung bekannt zu geben, weil er nur ein einfacher Büroangestellter ohne gesicherte Zukunft war. Dennoch verstand auch Armanda ihn nicht. Denn als sie sich trafen, beschuldigte sie ihn, keine ernsten Absichten gehabt zu haben, weil er, so sagte sie, wenn dies so wäre, der Mutter gesagt hätte, dass er die Tochter liebe. Und ihm gelang es nicht, ihr zu sagen, dass dies nicht eine Frage der Ernsthaftigkeit sei, sondern dass ihm die Lage, in die er gebracht worden sei, Angst gemacht habe.

Bis er in das große Haus zog, hatte er nicht wieder daran gedacht, eine Familie zu gründen, letztlich sind die Frauen Nervensägen, sie wollen alle dasselbe, das heißt, den Mann zum Standesamt oder zum Altar schleppen. Doch nachdem er umgezogen war, begann er, die Last der Einsamkeit und eine gewisse Faulheit zu verspüren, von dort oben herunterzusteigen, er hatte ein paar Kilo zugenommen, und der Aufstieg fiel ihm schon etwas schwer. So kam er von der Arbeit und vom Weg erschöpft zurück und setzte sich in das spärlich möblierte Wohnzimmer oder in den Liegestuhl, den er auf die Veranda stellte, und dachte, dass er eine Frau brauchte, konnte sich indes nicht aufraffen, eine zu suchen. Und so gingen die Jahre ins Land, er sagte sich immer, er müsse heiraten, doch er wurde selbstständig und heiratete nicht, er lernte Dona Jóia kennen und entschloss sich dazu, als es bereits zu spät war, und dabei blieb es dann, weil ihn inzwischen andere Aufgaben beschäftigten. Bis er eines Tages in den Büros seiner

Firma mitten ins Herz getroffen wurde von einem Mädchen, das er zuvor nie gesehen hatte oder das er, wenn er es gesehen hatte, nicht wahrgenommen hatte. Gewiss ist jedoch, dass sie eintrat und er zufällig dort war und sie anstarrte wie ein zahmer Ochse und dort stand und sie mit offenem Mund ansah, vergessen hatte, weshalb er dort war, und sie bemerkte dies und lächelte, und dieses Lächeln drang in das Herz von Senhor Napumoceno, und daher ging er auf das Mädchen zu und konnte kaum herausbringen, Werden Sie schon bedient, kann ich Ihnen helfen?, und sie lächelte abermals, sagte Danke, ich werde schon bedient, doch er stand weiter vor ihr, und sie blickte auf, und er sah, dass sie die Augen einer wilden Gazelle hatte, obwohl er in seinem ganzen Leben niemals die Augen einer Gazelle sehen sollte, sagte er, er habe gefühlt, dass sie so sein müssten wie die Augen des Mädchens, weil er in ihnen eine Gazelle gesehen habe, im kleinen Gesicht, in den scheuen Augen, dem mageren Körper mit den langen Beinen, doch was ihn vor allen Dingen bezaubert habe, seien diese Augen gewesen, die nicht stillhielten, als wären sie erschrocken oder erstaunt, er habe später festgestellt, dass sie kein Fleisch hatte, aber das mit dem Fleisch habe er viel später bemerkt, denn an jenem Tag und an den folgenden Tagen sei er so sehr von diesem mageren Mädchen gefesselt gewesen, das ihn mehr als alles auf der Welt angezogen habe, und habe daher nicht gewusst, was er ihm sagen sollte, und sie hätten einander angesehen, das Mädchen schüchtern lächelnd, doch dann habe sie Guten Tag gesagt und sich angeschickt zu gehen, nur unter großen Mühen sei es ihm gelungen, zu ihr zu sagen, Sagen Sie mir nur Ihren Namen!, und sie fühlte die Dringlichkeit dieser Bitte in der Stimme jenes Mannes vor ihr, der verwirrt dastand, als hätte er eins über den Schädel gekriegt, Adélia, sagte sie lächelnd mit leiser Stimme, Sagen

Sie mir, wo ich Sie finden kann!, und sie lächelte nun bereits munter und sagte, sie sei immer dort und ging hinaus, und er versuchte nicht, sie zurückzuhalten, er wusste, dass sein Schicksal dort vor Anker gegangen war, und fühlte sich nicht glücklich, ganz im Gegenteil, denn eine tiefe Angst bemächtigte sich seiner, weil es so war, als müsse er einen Felsen mit seinem Kopf zerteilen, und er ging an die Tür und sah, wie sie am Markt um die Ecke ging und die Monte hinaufging, und er ging hinaus, ging die Rua do Matadouro Velho entlang, bog fast laufend in die Rua da Praia ein, ging links in die Caizinho hinein und traf Adélia, als sie in das Viertel von Praça Estrela ging. Er zwang sich zu einem Lächeln, sein Herz hüpfte vor Anstrengung und Gefühlen, er sagte verwirrt, Es scheint so, als hätten wir einander etwas zu geben!, und sie lächelte mit jenen Augen einer wilden Gazelle und sagte, Es scheint so, als hätten Sie mir etwas zu geben!, und er schwieg, atmete durch den Mund, die Luft wollte nicht entweichen, eine widernatürliche Zärtlichkeit erfasste seine Stimme. Dennoch gelang es ihm unter Mühen, sie zu bitten, Lass mich dich ein Stück Wegs begleiten! Sie hörte in seiner Stimme wieder jenen besonderen Klang, den sie gehört hatte, als er sie nach ihrem Namen gefragt hatte, und sie gingen eine Zeit lang schweigend nebeneinanderher, er wollte ihr etwas sagen, doch ihm fiel nichts ein, er fühlte sich leer, ohne Ideen, leer, ohne Stimme und Worte, er fühlte nur das Zittern in seinen Beinen und sagte schließlich, er fühle sich, als wäre er zwanzig Jahre alt, und selbst was das betrifft, wusste er nicht, ob er es gesagt oder nur gedacht hatte, er wusste nur, dass er neben ihr herging und sie wortlos die Anhöhe hinaufstiegen, bis sie vor einer Tür anhielt und sagte, Da sind wir!, und er stand da und sah diese unsteten Augen, jetzt war auch in ihrer Stimme ein leichtes Zittern, und er dachte, er müsse unbedingt eine wilde

Gazelle sehen, um festzustellen, ob sie sich ähnlich waren. Sie verabschiedete sich, sagte, Bis später, einen schönen weiteren Spaziergang!, doch er sah sie immer noch an, sagte Ja, danke, und dachte, dass er sich verabschieden müsse, doch er blieb da stehen, bis sie ihm ihre Hand entgegenstreckte und er diese kleine Hand nahm und dachte, dass er nun gefangen sei, und sagte, Ich möchte dich niemals mehr loslassen! Sie lächelte wieder und zog ihre Hand zurück und ging in das Haus, und er ging weiter, wandte sich aber immer wieder zurück, um zu sehen, ob er sie noch sah, doch sie tauchte nicht wieder auf. Einige Zeit später, genauer gesagt, in der Nacht ihres Abschieds, sollte sie ihm gestehen, dass sie an jenem Tag durch den Türspalt gelugt hatte, bis er in der Ferne verschwunden war.

Achtzehn Monate lang ließ sich Senhor Napumoceno allmählich von einer närrischen Leidenschaft verzehren, die ihm das Leben vergiften sollte, weil er, nachdem er erkennen musste, dass sie vorbei war, weiterhin im Traum von Adélia lebte, denn sie hatte ihm gestanden, dass sie eng mit einem Mann befreundet war, dessen Augen lächelten, wenn er sie sah, und sie wie eine Luxuspuppe behandelte und zärtlich und gut zu ihr war.

Doch den Heften zufolge sah Senhor Napumoceno in Adélia anfangs nicht eine Frau. Beispielsweise war es ihm nie in den Sinn gekommen, sie zu küssen, geschweige denn mit ihr ins Bett zu gehen. Er fühlte allerdings vom ersten Tag an und in den restlichen Jahren seines Lebens, und es sollten derer viele werden, dass er sie liebte. Doch es war eine Liebe, von der er wusste, dass sie nicht unschuldig war, aber die zugleich nichts Fleischliches hatte, und er liebte es, neben ihr still, ruhig und wortlos im Wagen zu sitzen, und wenn sie lächelte und fragte, Was siehst du an?, konnte er nur antworten, Dich sehe ich an!, weil er sich schließlich diese Gefühle gestanden hatte, die ihn bedrückten und ihm den Frieden raubten. Die ganze Zeit hatte er nur Adélia im Sinn, aber eine Adélia, an deren Züge er sich nicht erinnern konnte, wenn er nicht bei ihr war, wusste er nie, ob ihre Lippen schmal oder üppig waren, ob ihr Haar kurz oder lang war, deshalb sah er sie an, wenn er neben ihr saß, schloss die Augen und bemühte sich, sie sich einzuprägen, und dachte, ich werde nicht vergessen, wie sie ist, doch er vergaß es immer, und eines Tages bat er sie um eine Fotografie, Gib mir ein Foto von dir, damit ich dich sehen kann, wenn ich dich nicht sehe!, und sie gab ihm wirklich eins, doch das Foto war nicht seine Adélia, er erkannte sie auf diesem Bild nicht, es hatte nichts von diesem flüchtigen Mädchen, das sich dem Begreifen seines Verstandes entzog, daher hatte er es unten in eine Schublade gelegt, denn seine Adélia war eine andere, vielleicht war dieses Foto ja das von der Adélia des anderen, dessen, von dem sie behauptete, er sei außer Landes, seine Adélia war rein, keusch und heilig, obwohl sein Freund Fonseca über diese Worte, rein und keusch, gelacht und gesagt hatte, Nur wenn du die Nase meinst, ich würde sie mit ins Bett nehmen und Schluss, aus, denn wenn sie mit dir im Wagen fährt, dann wird sie auch zu dir nach Haus fahren und auch zu dir ins Bett, und Gott möge dir dann helfen, sie zu besteigen!, doch die Wahrheit war, dass er sie nie auch nur mit dem Finger berührt hatte, jene Begrüßung am ersten Tag einmal ausgenommen, denn wenn er vor ihr stand, war er ein kleiner Junge, der Angst hatte, etwas zu sagen, um sein Vögelchen nicht zu erschrecken. Doch eines Tages saßen beide schweigend im Wagen, sie hörte die Grillen zirpen, er lauschte, wie sie den Grillen zuhörte, bis sie die Stille unterbrach und sagte, Die Grillen sind unterhaltsam, und er meinte, Ja, es ist nett, nachts den Grillen zuzuhören!, und sagte, Seit ich São Nicolau verlassen habe, habe ich die Grillen nachts nicht mehr zirpen hören, doch sie glaubte ihm nicht, sagte, dass er sie wohl gehört, aber nie auf sie geachtet habe, er stimmte dem zu, Wahrscheinlich habe ich wirklich nicht auf sie geachtet! Ich erinnere mich daran, dass wir Grillen unter den Steinen suchten, wir steckten sie dann in eine Streichholzschachtel, und sie dachten, dass es bereits Nacht war, und begannen zu zirpen. Denn, erklärte er, vielleicht weißt du es ja nicht, aber die Grillen zirpen nur nachts, um der Nacht zu helfen, so heißt es, weil sich die Sonne sonst nicht in deren Stille zurechtfinden kann, um am nächsten Morgen wieder aufzugehen. Sie lachte, sagte, das habe sie noch nie gehört, doch er bestätigte ganz ernst, dass die Grillen nachts zirpten, um die Menschen zu leiten, doch die Armen führten die Menschen zumeist in die Irre, weil sie alle gleichzeitig zirpten, jede riefe, und keiner finde sich mehr im Durcheinander der Rufe zurecht. Sie lachte, nannte ihn verrückt, und er lachte auch, ihre Hände fanden sich, ohne sich zu suchen, vereinigten sich einen Augenblick lang, und beide schwiegen plötzlich, überrascht von dieser Geste, Scham wuchs in ihnen beiden. Er ließ sie los, zog eine Zigarette aus der Packung und begann, von seiner Kindheit auf São Nicolau zu erzählen, doch es waren schon mehr als vierzig Jahre vergangen, und er war sich nicht mehr sicher, ob alles, was er sagte, auch wahr war, ob alles, an das er sich erinnerte, wirklich existierte, doch er erinnerte sich und erzählte eine Geschichte, die er erlebt hatte, ohne genau zu wissen, ob er sie erlebt hatte oder sie nur hatte erzählen hören, doch er sagte, er sei noch ein kleiner Junge gewesen, als eine Nachbarin eines Tages ein eingesacktes Kind zur Welt brachte. Adélia wusste nicht, was ein eingesacktes Kind bedeutete, und er erklärte ihr, dass ein eingesacktes Kind eines ist, das in seiner Fruchthülle geboren wird, und alle wissen, dass Hexen eingesackte Kinder am liebsten essen, weil sie das weichste und schmackhafteste Fleisch haben. Nicht weit von ihnen entfernt hatte eine Frau aus Praia Branca gelebt, die den Ruf hatte, eine Hexe zu sein, und daher hatten die Familienangehörigen und Nachbarn beim Anblick des drallen Jungen, der lächelte, als man ihn aus der Fruchtblase holte, und mit offenen Augen geboren wurde, begonnen, ihn zu beschwören, gegen den bösen Blick den Daumen der linken Hand durch Zeige- und Mittelfinger gesteckt, Salz auf das Haus geworfen, alles, um das Kind zu schützen, das wie ein vom Himmel gefallener Engel aussah, aber dennoch begann es nach wenigen Tagen zu siechen, die Brust zu verweigern, und da ordnete die Hebamme an, ihm Eidechsenschwanztee zu geben, was ein wirksamer Schutz gegen Verhexungen war, und unter sein Kopfkissen legten sie Majoransträußchen und schmierten es ganz und gar mit Ziegenschmalz ein, doch am siebten Tag starb es trotzdem, und als sie es für die Beerdigung anzogen, sahen sie, dass es auf seinem Kopf von einem Ohr zum anderen einen Streifen hatte, und dieser Streifen war als deutliches Zeichen dafür bekannt, dass der Junge verhext und von der Hexe gegessen worden war. Da erhoben sich die Leute und rannten zum Haus der Frau aus Praia Branca und begannen, sie zu beschwören, zu sagen, dass sie das Kind gegessen habe, schrien, sie solle rauskommen, damit wir dir den Schwanz abschneiden, du verdammte Hexe, sie antwortete nicht, hielt die Tür fest verschlossen. Da kam jemand auf die Idee, einen Stein gegen die Tür und gegen die Fenster zu werfen, und so fingen alle an, Steine gegen die Tür und die Fenster zu werfen und Du miese Hexe zu rufen. Da erschien die Frau in der Tür, er erinnerte sich noch an ihren angstvollen Blick, ihre aufgerissenen Augen, die ihr fast aus dem von einem Kopftuch eng umschlossenen Kopf zu springen schienen, ein schwarzes

Umschlagtuch glitt an ihrem Körper herunter, und sie stand da in der Tür, brachte kein einziges Wort heraus, zitterte nur wie grüne Gerten, doch sobald sie in der Tür erschienen war, hatte das Geschrei aufgehört, als hätte ihre Gestalt die Anwesenden erschreckt, dennoch gab es jemanden, der noch einen Stein warf, der die Tür oberhalb ihres Kopfes traf, und da flogen weitere Steine, und sie bedeckte ihr Gesicht mit den Händen und wollte wieder ins Haus und ihre Tür verschließen, weil sie aber nichts sagte, kein Wort sagte und sich nicht verteidigte, nur an der Tür stehen geblieben war und geschaut hatte, stürmten alle Leute in ihr Haus. Er, Napumoceno, sei draußen stehen geblieben und habe daher nur gesehen, wie die Möbel auf die Straße geworfen wurden, ein Koffer, Bettwäsche, eine Matratze, die dabei zerriss und ihre Füllung auf der Straße verstreute, Teller und Stühle, die auf den Steinen zerschellten, bis Senhor Jonsinho atemlos auftauchte und Im Namen des Gesetzes schrie, denn er war der Oberpolizist, die Leute kamen einer nach dem andern heraus, Senhor Jonsinho brüllte nur Im Namen des Gesetzes, und die Leute kamen heraus, er fand die Frau und schleifte sie auf die Straße, gab ihr kleine Ohrfeigen und versuchte, ihre Augen zu öffnen, um die Augäpfel zu sehen, und nahm eine Scherbe des Spiegels, der auf der Straße zersplittert war, legte sie ihr auf den Mund und die Nase, und dann sah er auf den Spiegel und schüttelte den Kopf und sagte laut, Ihr habt diese Frau umgebracht.

Während Senhor Napumoceno redete, hatte sich Adélia, die eine bequemere Sitzposition suchte, sich schließlich an seine Schulter gelehnt, doch er hatte es nicht bemerkt, und als er schwieg, wurde ihm noch immer nicht bewusst, dass sie mit seinen Fingern spielte, weil er immer noch die Gestalt von Senhora Bárbara in der Tür sah, weiß, faltig, des schwarze Umschlagtuch war ihr auf die Füße heruntergeglitten, die angstvollen Augen, und er begriff es nicht gleich, als Adélia unvermittelt zu ihm sagte, Ich möchte dein Haus kennenlernen!, insbesondere weil er sie nach dem Gespräch mit Fonseca eines Tages gebeten hatte, Komm, ich zeig dir mein Haus!, und sie auf eine Art und Weise reagierte, die er nicht erwartet hatte, Ich werde dein Haus nie betreten!, und daher war er nie darauf zurückgekommen, weil er sich glücklich dabei fühlte, sie nur zu sehen, mit ihr im Wagen zu sitzen und den Grillen zuzuhören, Es reicht mir zu wissen, dass es dich gibt, dass ich dich jeden Tag sehen kann, denn wenn ich dich sehe, fühle ich mich glücklich, weil ich weiß, dass du nicht nur ein Traum bist, sondern dass du der Traum meines Lebens bist. Er sagte diese Dinge, und dann vergaß er sie, weil er sie nicht dachte, er bereitete die Worte nicht vor, die er ihr sagte, deshalb erinnerte er sich an nichts mehr, als sie ihn später daran erinnerte, dass er zu ihr gesagt habe, sie sei der Traum seines Lebens, Ich behaupte ja nicht, dass ich es nicht gesagt habe, aber in Wahrheit kann ich mich nicht daran erinnern, es gesagt zu haben, obwohl es sehr schöne Worte sind, hatte er unbehaglich lächelnd gesagt, damals wusste er nicht, was er mit dieser Liebe machen sollte, die ihn tagsüber verfolgte und mit dem Wunsch überfiel, sie noch häufiger zu sehen, die ihn aber nachts neben ihr langweilte, denn er hatte an jenem Abend Adélia mit zu sich nach Haus genommen, doch es war so, als wären sie noch immer im Wagen, sie jungfräulich, rein, unbefleckt ... Sie sind alle Huren, hatte Fonseca gesagt, und in der Tat hatte er eine andere laszive, sinnliche Adélia gefunden, die sich um ihn wand, sobald sie zur Tür herein waren, Mach das Licht nicht an!, doch er liebte die Adélia, die er bereits verloren hatte, das unschuldig reine Kind, das er in ihr gesehen hatte, die kleinen, unsteten Augen, die immer erschrocken blickten, und er sah noch immer Senhora

Bárbara an jener Tür seiner Kindheit, er war weggerannt, war schluchzend zu Hause angekommen, da niemand dort war, hatte er sich weinend an eine Ecke gelehnt, hatte immer Senhora Bárbara vor Augen, doch kurz darauf sah er seinen Vater und seine Mutter kommen, Recht so, sagen sie, weshalb hat sie auch ein Menschenkind gegessen! Jetzt hat sie bekommen, was sie verdient hat!, Adélia hing an seinem Mund, während sein Vater festgenommen wurde, und sie küsste ihn, während sein Vater seine Frau und seine Kinder zum Abschied küsste, Senhora Bárbara öffnete den Mund, und er sah, dass ihr viele Zähne fehlten. Mama, wie sieht der Mund einer Hexe aus?, aber die Mutter sagte, das sei nichts, worüber man mit kleinen Kindern rede. Er umarmte Adélia, und sie beugte sich herunter, er beugte sich über sie auf dem Teppich des großen Wohnzimmers und fühlte, dass er etwas Heiliges zerbrach, es war so, als würde er absichtlich einen geliebten Gegenstand zerbrechen, sie schnurrte einstweilen noch schüchtern, später sollte sie dieser entfesselten wahnsinnigen Sinnlichkeit freien Lauf lassen, Bleib in mir!, sollte sie sagen, als diese Zurückhaltung und diese Schüchternheit verschwunden waren und er sich nur noch darum bemühte, der große Macho zu sein, um so diese Beinahtragödie der ersten Nacht zu vergessen, weil sie nur noch heftig atmete und er nur Senhora Bárbara sah, die lachende Mutter, den lachenden Vater, das Leben ist eine nackte, auf einem Bett liegende Frau, hatte er, er wusste nicht mehr, wo, gelesen, und hatte sich die unbestrittene Wahrheit dieser Behauptung zu eigen gemacht und daher ständig eine fürchterliche Angst davor, bei einer Frau impotent zu sein, und daher ließ er die Tage, an denen sie sich sahen, seltener werden, anfangs war es jeden Tag, dann jeden zweiten Tag, dann übersprang er zwei Tage, doch als er dann drei Tage nicht erschienen war, klopfte sie an seine Tür, Ich hatte schon

Angst, du wärest krank, er entschuldigte sich, irgendeine Arbeit, eine gewisse Müdigkeit, sie lächelte nur, und dann wurde es üblich, dass sie zu Fuß von Monte nach Alto Mira-Mar kam. Er sah sie von der Veranda aus kommen, und da bereits erfasste ihn ein Schrecken, warum wurde sie nie müde, warum hatte sie nie genug, Mehr, mehr, bettelte sie, ich will wieder die Deine sein!, sie bettelte, doch häufig passierte es, dass Adélia am Ende der Sitzung zu weinen begann, ihr Gesicht in das Kopfkissen steckte und in langen, rhythmischen Schluchzern weinte, er sah nur, wie ihr Körper vom Schluchzen erzitterte. Das erste Mal hatte er sich Sorgen gemacht, Was hast du? Habe ich dir wehgetan?, ein Kopfschütteln. Habe ich dich etwa beleidigt?, ein Kopfschütteln, das Gesicht von den Händen bedeckt, denn er hatte sie gezwungen, sich umzudrehen, Aber was ist denn? Nichts, es ist nichts!, bis er sich schließlich an diese Beigabe zum Koitus gewöhnte und sich, während sie weinte, eine Zigarette ansteckte.

Doch eines Abends kam Adélia und verkündete, dass »er« morgen kommen würde. Sie hatten niemals mehr über »ihn« gesprochen, Senhor Napumoceno dachte schon, er sei in ihrem Leben gestorben, und fühlte sich daher als Herr und Meister dieses Körpers, Besitzer dieses Fleisches, das seine wilde Gazelle verbarg, und daher strich er mit seiner Hand, lange auf dem Hintern oder den Brüstchen verweilend, darüber und küsste ihren Bauchnabel, während er sagte, er gliche einer erblühten Blume, und sie lächelte und fuhr mit einem Finger über die Stirn in einer Liebkosung, die an den Ohren herunterrann, über die Lippen und über den Hals wanderte, die Brust überquerte und den Bauch und zwischen seinen Beinen erstarb, und daher war es so, als würde sein Herz plötzlich aussetzen, als sie dies sagte, doch nachdem die Überraschung vorüber war, gelang es ihm zu lächeln, sich stark zu zeigen, er sagte, Dann ist also heute das schöne Leben vorbei, sie nickte, und er sah eine Träne nach der anderen aus diesen Augen quellen, die zu sprechen schienen, und an Adélias Gesicht herunterrinnen, doch er schluckte den Schmerz und die Eifersucht herunter, wünschte in diesem Augenblick nur, das Schiff, auf dem er kam, möge untergehen, oder er möge ins Meer fallen und ertrinken. Doch er sagte leise zu ihr, Bleib bei mir!, sie schüttelte den Kopf, er sagte, Heirate mich, und nahm ihre Hand und küsste sie und sagte, Ich will dich nicht verlieren!, er fühlte sich wie ein enteigneter, beraubter, beschimpfter Besitzer, Leb hier mit mir zusammen!, doch sie schüttelte den Kopf, Nein, nein, ich kann nicht, und er fühlte einen Knoten im Magen und schluckte die Luft, die ihn erstickte, und sagte zu ihr, Dann geh!, aber sie regte sich nicht, sagte, Ich kam, um mich von dir zu verabschieden!, und er sagte, Wir haben uns bereits verabschiedet, und sie fragte, Nur so?, und er bestätigte, Nur so!, und sie sagte, Also dann, auf Wiedersehen!, und stieg die Verandatreppe hinunter, und er stand dort und wartete, dass sie sich umdrehte, doch sie drehte sich nicht um. Er wollte sie zurückrufen, doch er tat es nicht, sie ging den Weg hinunter, den er hatte pflastern lassen, und verlor sich in der Nacht. Er setzte sich auf den Liegestuhl und ließ alle Tränen seiner Agonie, sie nicht mehr zu haben, sie nicht mehr in seinen Armen zu halten, sie nicht mehr nackt und provozierend zu sehen, herausfließen, bis er keine mehr hatte, und die ganze Nacht drückte dieses Unglück ihn auf diesen Liegestuhl, weil er sie bereits in den Armen des andern sah, den er nicht kannte, aber aus tiefstem Herzen hasste, und er erinnerte sich an all ihre Seufzer und die Worte, die sie gesagt hatte, und rief sie die Nacht hindurch am Grund einer Flasche, und am folgenden Morgen suchte er seinen Freund Fonseca auf, doch Fonseca konnte diesen Schmerz nicht verstehen, sagte nur lachend, Du hast genossen, was zu genießen war, jetzt kommt der Besitzer wieder und kümmert sich um sie. So ist das nun mal! Doch es gelang ihm nicht zu lachen, und deshalb ging er wieder und begann, sie in allen Frauen zu sehen, an denen er vorbeiging, er fühlte, dass ihn diese Besessenheit den Verstand verlieren ließ, Adélia, Adélia, wo bist du, warum kommst du nicht, siehst du denn nicht, dass ich ohne dich keinen Frieden finde, fehle ich dir nicht, so wie du mir fehlst, Adélia, mein Leben und mein Traum, hast du schon vergessen, wie viel Lust wir zusammen verspürt haben? Komm, Adélia, lösch den Durst meines Mundes, steck noch einmal deinen Finger in meinen Bauchnabel.

Doch Adélia blieb diesen Rufen gegenüber taub, und Senhor Napumoceno durchlitt seinen Schmerz allein, denn, wie er später sagte, können wir zwar fremden Schmerz beklagen, doch könne niemand den Schmerz des anderen leben. Und in dieser Agonie, die ihn überwältigte, kehrte er zu seiner Kindheit zurück und erinnerte sich an einen Ort namens Ribeira da Prata, den er seit über dreißig Jahren nicht gesehen hatte.

# 6

Das achte Kapitel des Testaments von Senhor Napumoceno war ausschließlich seinem Urlaub auf São Nicolau gewidmet, denn er hatte es genutzt, um so etwas wie einen Reiseführer der Orte daraus zu machen, die es wert waren, kennengelernt zu werden. Er erzählte darin sogar die Geschichte der Entdeckung und der Kolonisierung der Insel und der Familien, die sich dort zuerst niedergelassen hatten, er erwähnte zudem noch bestimmte Sehenswürdigkeiten, insbesondere mögliche Deutungen der *rotcha s'cribida*, der Felsinschriften, und die Tatsache, dass die Leute aus Praia Branca alle Hexen seien. Doch nach fast einem Monat war er zum Schluss gekommen, dass bestimmte sentimentale Konvulsionen, die ihn dazu gebracht hatten, die Orte seiner Kindheit aufzusuchen, nun geheilt seien, und er hatte sich entschieden, wieder zurückzukehren, zumal er mit der Weiterführung der Geschäfte seinen Freund Fonseca beauftragt hatte, von dem er wusste, dass er zwar ein ernsthafter, ehrlicher Mann, doch kein gewiefter Geschäftsmann war.

Im Testament selbst kam er über das bereits Berichtete nicht hinaus, doch im dritten Schulheft erklärte er ganz genau, was das für »bestimmte sentimentale Konvulsionen« gewesen waren, die in ihm den Entschluss reifen ließen, den Rat der Klassiker in die Praxis umzusetzen, nämlich zwischen sich und eine unglückliche Liebe das Meer zu legen. Und tatsächlich wurde Adélia, nachdem er die Zeit damit verbracht hatte, Leute, die er viele Jahre lang nicht gesehen hatte, zu besuchen, ihnen zu schreiben und sie zu sprechen, allmählich zu einer vagen Erinnerung an eine Frau, die er gekannt und geliebt hatte, die aber gestorben war. Daher fand er, dass er sich nach all dieser Zeit als geheilt ansehen und sich selbst aus dem Kranksein entlassen und nach Hause zurückkehren könne. Es nimmt also nicht wunder, dass Senhor Napumoceno, der diese Heilung bedroht sah, das dritte Heft mit dem Titel »Die Rückkehr Adélias« versah, denn kaum hatte er seine Haustür geöffnet, da stellte er fest, dass das Haus von Adélia erfüllt war, von Adélias Duft, von Adélias Lächeln, und zwar so erfüllt von Adélia, dass er gleich, nachdem er den Schlüssel ins Schloss gesteckt hatte, bemerkte, dass er übereilt zurückgekehrt war. Auf São Nicolau war sie eine vage Erinnerung gewesen, die sich jetzt so intensiv materialisierte, dass es ihn niederdrückte, denn als er in der Tasche nach seinen Schlüsseln suchte, fühlte er sie an seine Seite gekauert, zwei magere Arme, die ihn um die Taille fassten, als wollten sie ihn nie wieder loslassen, und er trat in den Salon, und da war der riesige Teppich, auf dem sie sich das erste Mal auf so unbequeme Art geliebt hatten, und er setzte sich auf den alten Liegestuhl, und Adélia setzte sich ihm zusammengekauert auf den Schoß, als würde sie sich in ihm verlieren, und hatte die Hände um seinen Hals geschlungen, er genoss diese schmerzliche Lust, sie wiederzuhaben, und sah sie nackt und schön, auf schlanken Beinen im Tanzschritt durchs Haus hüpfen, den flachen Bauch, auf den er die Hand so gern legte, und er streckte seine Arme aus und erhob sich, um sie zu greifen, sie an sich zu drücken, doch sie floh, die kleinen Augen verschreckt, als fürchte sie ständig, das Haus könne über ihr zusammenstürzen. Er packte sie, doch sie entglitt seinen Händen, mit jenen kleinen Augen lächelnd, die eher zwei kleinen Schlitzen glichen, und in der Erregung dieses Kampfes stieß sie an eine Tür, und er fuhr, vom Lärm erschreckt, auf, doch es klopfte weiter, und er sah, dass er jetzt nicht träumte, und machte das Licht an, denn es war schon dunkel. Er ging zur Tür, machte sie auf, und da stand Adélia, schüchtern lächelnd. Ihm fiel nicht ein, dass er von der Tür weggehen musste, um sie hereinzulassen, und so standen sie eine geraume Weile da und sahen einander an, weil auch sie nicht darauf kam, ihn zu bitten, hereinkommen zu dürfen, bis ein Luftzug sie frösteln ließ, und sie seufzte. Da zog er sie an sich, wie er es früher gemacht hatte, umarmte sie und rieb ihr den Rücken, um die Kälte zu vertreiben, nur lächelte er nicht mehr wie früher, aber sie gab sich ihm hin, legte ihm die Arme um den Hals, lehnte ihr Gesicht an seinen Hals. Doch er rieb nur weiter ihren Rücken und fühlte, wie etwas Heißes ihm den Hals herunterlief, und wurde so gewahr, dass sie weinte, und in diesem Augenblick fühlte er sich plötzlich frei und siegreich, und er lächelte und dachte, *sic transit gloria mundi,* ich kann sie ohne Schmerzen verlieren, deshalb ließ er sie weinen und lächelte weiter, während er dachte, nichts verbindet mich mehr mit ihr! Er hob sie in die Luft und legte sie aufs Bett, aber es war nicht mehr diese triebhafte Improvisation, denn jetzt überlegte er jede Geste und dachte, dass er sie küssen müsse, und küsste sie und dachte, dass er seinen Mund in die Höhlung am Hals legen müsse, und tat es, dachte, er müsse sie ausziehen, und zog sie aus und dachte, er müsse sie besitzen, und besaß sie, doch es war ein Besitzergreifen, das berechnend darauf aus war, sie wimmern und schreien zu lassen, während er im Dunkeln über ihre Verrenkungen und Konvulsionen lächelte. Er machte das Licht an, um ihr Gesicht zu sehen, und erinnerte sich an die Frau aus Dakar aus seiner Vergangenheit und legte alle Zärtlichkeiten wieder auf, die sie ihm beigebracht hatte, eingeschlossen das Hinabsteigen in den Keller, wobei er sich jedoch hin und wieder aufrichtete, um ihr Gesicht zu sehen. Sie hatte den Mund geöffnet, als bekäme sie keine Luft, oder als ertrüge sie einen großen Schmerz, dennoch gelang es ihr zu wispern, Mach das Licht aus!, und er dachte, dass ihre Stimme die einer Hündin in Hitze war, heiser, als wäre sie betrunken, und er fühlte, wie sein Stolz sich blähte und befriedigt war, genoss den Triumph dessen, was er für seine Befreiung von ihr hielt, er war Herr seiner selbst und auch ihr Herr, die dort zerknautscht, das Haar an die Stirn geklebt, mit schweißüberströmtem Körper, die Augen geschlossen, die Beine gespreizt, vor ihm lag. Er sah sie an, als sähe er sie zum ersten Mal, und musterte sie bar jeder Sinnlichkeit, zog sich mit den Worten *sic transit gloria mundi* aus ihr zurück, rückte von ihr ab und ging ins Bad.

Als er zurückkam, lag Adélia in derselben Stellung da, doch sie hörte ihn kommen und bat ihn um eine Zigarette. Er reichte ihr eine brennende Zigarette und zündete sich selbst eine an. Während sie rauchten, brach sie das Schweigen, um ihm zu sagen, Ich möchte bei dir bleiben, wenn du mich noch willst. Er hörte zu und lächelte und schaute Adélia an, die, eine Zigarette in der Hand, am Kopfteil des Bettes lehnte, suchte seine wilde Gazelle, während er dachte, wie oft er davon geträumt hatte, diese Worte in den Tagen seiner Verzweiflung zu hören, wie sehr er gewünscht hatte, sie eintreten zu sehen und sagen zu hören, Jetzt bin ich gekommen, um bei dir zu bleiben … Er fühlte, dass er in den Tagen seiner Agonie seine Adélia ausgelöscht hatte, sie in sich begraben hatte, jetzt war ihm nur noch der Traum von Adélia geblieben. Dennoch zögerte er einen Augenblick lang, in dem er sie sah wie am ersten Tag in seinem Lagerhaus, und dann überraschte er sich dabei, wie er zu ihr sagte, er habe sie vor mehr als einem Monat verloren, jetzt sei es zu spät. Adélia begriff nicht, sagte, Aber damals wolltest du mich doch heiraten, du hast mich doch sogar gebeten, dich zu heiraten, und er fühlte, dass er ironisch lächelte, Das habe ich damals gesagt, jetzt ist es vorbei. Wie kann es sein, dass es vorbei ist, wo du mir gesagt hast, dass du mich so sehr liebst, fragte sie, und er fühlte, dass er sich vor dieser Frau dort in seinem Bett entblößen wollte, sich von ihr befreien wollte, um seinen Traum von der Gazelle weiterzuträumen, und sagte, es war, als hättest du mir ein Stück von mir herausgerissen. Ich wachte nachts auf und suchte meine Gazelle, das Stück, das mir fehlte, doch es war nicht da, es war vor mir geflohen. Ich suchte es vergebens und war verzweifelt darüber, es nicht zu finden, zwang mich, ohne es zu leben. Und jetzt, wo es wieder da ist, fühle ich, dass es nicht mehr passt, denn andere Hände haben es berührt, damit gespielt, es ist nicht mehr mein Stück, und deshalb will ich es nicht mehr. Aber ich bin doch hier, sagte Adélia und rückte näher, ich bin dieselbe und weiß jetzt, dass ich dich liebe! Doch er schüttelte den Kopf, Du bist eine andere, du bist nicht mehr dieselbe. Das verstehe ich nicht, sagte Adélia. Ich habe Hunger, sagte er, erhob sich und ging in die Küche.

Und bereitete ein leichtes Mahl und rief sie, sie kam nackt, wie sie immer gekommen war, doch er sah nicht einmal hin, sagte nur, Zieh dich an, damit du dich nicht erkältest. Sie ging ins Zimmer zurück und zog einen Bademantel von ihm an und kam wieder zurück und setzte sich an den Tisch. Ich habe so sehr auf diesen Tag gewartet, sagte sie, doch er fragte sie nur, ob sie Schinken mit Käse wolle, weil es kein Brot im Haus gebe. Sie nickte und fügte hinzu, Ich konnte dich in all diesen Tagen nicht einen Augenblick lang vergessen. Möchtest du ein Bier?, fragte er höflich, und sie stand auf, um eins aus dem Kühlschrank zu holen, und er bat um eins für sich.

Es war so, als hätte ich mich nie von dir getrennt, sagte sie, aber er beschäftigte sich nur damit, die Biere zu öffnen, und sie erinnerte sich, lächelte und sagte, Wenn du mich sahst, hast du die Augen nicht von mir gewendet. Es war wie ein Traum oder wie eine Besessenheit. Es war Besessenheit, sagte er lächelnd. Du hast mich immer angesehen, als wolltest du mich auffressen oder mich dir einverleiben. So wie ich es jetzt tue?, lächelte er. Nein, nicht wie du es jetzt tust. Es war so wie in einem Traum, als wäre es nicht von dieser Welt. Eines Nachmittags erhielt ich einen kleinen Brief von dir. Ich war allein zu Hause, jemand klopfte ... Es war gleich am Tag nach dem, an dem wir uns auf dem Platz trafen und du gesagt hast, dass einer von uns dem anderen etwas zu geben habe. Also: Jemand klopfte, und als ich öffnete, gab jemand mir einen Umschlag von Senhor Araújo. Ich erinnere mich noch an den Brief: Der Versuch, Dich mit telepathischen Strömen zu mir zu holen, ist offensichtlich fehlgeschlagen, aber die Wahrheit ist, dass mein Wunsch, Dich zu sehen, so intensiv war, dass ich dachte, Du würdest mich im Büro erwarten. Ich spüre Deine Abwesenheit noch immer wie einen Schmerz, der mich amputiert, und möchte nur bei Dir sein und Deine Gazellenaugen anschauen ... Adélia!, schrie Senhor Napumoceno beinahe. Ich habe niemals so einen Brief geschrieben! Doch Adélia lächelte, sagte, Ach, lass nur, und ihre Stimme war sanft und zärtlich, während sie auf das Bier im Glas schaute, ohne es zu trinken.

Doch dann blickte sie doch zu ihm auf und fragte beinahe ängstlich, Es ist doch ein hübsches Briefchen, nicht wahr? Erinnere dich daran, dass du mich deine wilde Gazelle nanntest! Und ließ, einen Augenblick lang schelmisch, nicht locker, hättest du ihn mir nicht gern geschrieben? Vielleicht, lächelte er. Nur habe ich ihn nicht geschrieben und wusste nichts von ihm, bis du angefangen hast, über ihn zu reden. Doch sie lächelte, ein verlorenes Lächeln auf den Lippen, sie hatte den Schinken mit Käse vergessen, und plötzlich packte sie seine Hand, und mit ihren vor Tränen glänzenden Vogelaugen fragte sie, ob er ihn nicht gern für sie geschrieben hätte. Möchtest du ihn nicht für mich geschrieben haben?, beharrte sie und bemühte sich zu lächeln, doch in ihrer Stimme lag eine schmerzliche Angst, als sie fragte, Hättest du ihn mir nicht gern geschrieben? Er sah verblüfft auf diese Tränen, die unter Lächeln herunterliefen, und wusste nicht, was er tun oder sagen sollte, und dann zog er sie an sich, Ich habe ihn dir geschrieben!, und fühlte in sich die Angst dieser lächelnden Tränen, die ihm das Herz bedrückten, und er wiederholte, Ich habe ihn dir geschrieben!, während er ihr Gesicht abwischte und dachte, dass er fast zwei Jahre mit ihr zusammen gewesen war, ohne sie zu kennen, weil er erst nur die Ekstase der Betrachtung hatte haben wollen und sich später nur mit der Laszivität dieses Puppenkörpers beschäftigt hatte, der ihn in ständiger Angst gehalten hatte, nicht zu können, doch Adélia erinnerte sich an das erste Mal, als er sie zum Abendessen eingeladen hatte, und sagte, Ich erinnere mich genau daran, dass wir in diesem Zimmer bei Kerzenlicht gegessen haben, denn du hast das Licht ausgemacht und eine Kerze angezündet. Er wollte sie unterbrechen, um klarzustellen, dass es nicht ganz so gewesen war, dass er die Kerze angemacht hatte, weil es keinen Strom gegeben hatte, er aber doch gesehen habe, dass es nützlich sein würde. Sie hörte ihn nicht, denn es war so, als wäre sie in einem Traum einer Welt verloren, die er nie gesehen hatte. Du hast mich im Licht dieser roten Kerze angesehen, und ich habe dich angesehen und fühlte mich geliebt und beschützt und glücklich und wollte an nichts anderes denken, und du hast nichts gesagt, doch wir haben aufgehört zu essen und haben einander schweigend angesehen. Da hast du deine Hand ausgestreckt und mit meinem Finger gespielt ... Er erinnerte sich daran und lächelte und sagte, ohne es zu wollen, Und du hast mich gefragt, was dieses Bild dort bedeutete, sie sah nicht einmal hin, es war nur, um irgendetwas zu sagen, sie wusste genau, dass es das letzte Abendmahl darstellte, doch sie hatte nur gefragt, um das Schweigen zu brechen, es gab nicht einmal Musik! Er sagte, dass es keinen Strom gegeben habe, und sie sagte, Dann sind wir vom Tisch aufgestanden und sind zum Sofa gegangen, doch er unterbrach sie fast brutal, Dies ist vor langer Zeit geschehen, und es ist mit uns geschehen, weshalb sollten es wir uns gegenseitig erzählen! Doch sie bat ganz leise, beinahe schläfrig, Lass mich diese Nacht noch einmal erleben, vielleicht erzähle ich sie auf meine Weise, doch so habe ich sie erlebt. Und er gab es auf, sie zu unterbrechen, obwohl ihre Worte ihn sich unwohl fühlen und ungeduldig werden ließen, weil sie ihn vor sich selbst entblößte, und er wollte, dass dies nur irgendeine Nacht in seiner Vergangenheit gewesen wäre. Als sie sagte, Dort auf diesem Sofa hast du mir gesagt, dass du mich liebst, schrie er deshalb beinahe, Du lügst, sagte, Vielleicht habe ich dir gesagt, dass ich dich sehr gernhabe, doch sie wiederholte, Du hast gesagt, dass du mich liebst, und hast meine Handfläche geküsst, und dann hast du meinen Mund geküsst, und während du mich ausgezogen hast, hast du gesagt, dass der erste Tag zum Glück in weiter Ferne liege, und lächelnd hast du auch noch gesagt, dass es keine größere Herausforderung für einen Mann gebe als die, wenn er das erste Mal mit einer Frau schläft, weil er weiß, dass er sich beweisen muss, und dass es daher immer mit Bangigkeit verbunden sei, weil er eine Heidenangst davor habe, dabei zu versagen, und dass das erste Mal selten eines sei, das man wieder vergisst.

# 7

Maria da Graça bedauerte, dass Senhor Napumoceno seine Hefte nicht datiert hatte, denn so konnte sie nur aus der weniger energischen Handschrift folgern, dass er jene Seiten etwa zu der Zeit geschrieben haben musste, als er den letzten Teil seines Testamentes verfasste. In Wahrheit verlegte sie aber das dritte Heft nur deshalb lieber in diese Zeit, weil sie ihren Vater rechtfertigen wollte und es selbst vorzog zu glauben, er habe seine Träume aufgeschrieben und nicht das, was wirklich geschehen war. Denn sie war schon viel früher unter den Legatsempfängern des Verstorbenen auf den Namen einer Adélia gestoßen, die das Buch *Só* von António Nobre erhalten sollte. Allerdings sei, um der Wahrheit Genüge zu tun, gesagt, dass dieses Vermächtnis nie hatte übergeben werden können, denn Senhor Fonseca, der von Graça damit beauftragt worden war, alle Wünsche ihres Vater so buchstabengetreu wie möglich umzusetzen, sah sich mit der harten Wirklichkeit konfrontiert, nie herausbekommen zu können, wo sich Adélia aufhielt, obwohl er das Monte-Viertel Haus für Haus besucht hatte, ihm indes niemand etwas über eine Adélia hatte sagen können, die Senhor Napumoceno gekannt hatte. Eine Übergabe des Vermächtnisses war deswegen fürs Erste aufgeschoben worden, da Senhor Fonseca noch andere Pflichten erfüllen musste, doch dann war Graça bei ihrer Suche auf die Hefte gestoßen. Von jenem Augenblick an hatte sie begonnen, sich für das Schicksal Adélias zu interessieren, die offensichtlich nicht nur eine von vielen im Leben ihres Vaters gewesen war, ja, sie begann sogar zu glauben, dass Adélia die geeignete Person sei, sie darüber aufzuklären, wer dieser Mann wirklich gewesen war, der sie auf einem Schreibtisch gezeugt hatte. Doch das Testament erwähnte sie nur knapp, es stand dort lediglich: Für Adélia, wohnhaft im Viertel Monte in dieser Stadt, mein Buch *Só* von António Nobre, und so suchte Graça mit dem Heft in der Hand Senhor Fonseca abermals auf, Entschuldigen Sie, Senhor Fonseca, aber wir müssen Adélia um jeden Preis finden, Sie müssen unbedingt noch einmal in Monte und an anderen Orten Ihre Runde machen, wir dürfen doch nicht nur wegen eines Buches stecken bleiben. Senhor Fonseca machte sich also wieder auf, wanderte durch die Vororte der Stadt, um herauszubekommen, ob jemand Adélia kannte, doch niemand war in der Lage, ihm eine brauchbare Auskunft zu geben. Einige schüttelten den Kopf, Nein, von der habe ich noch nie gehört!, andere gaben jemanden an, Ach ja, das muss die sein, die hinter Entina wohnt!, er begab sich dorthin, aber sie war es nicht. Doch dann erzählten sie ihm von einer Adélia von Senhora Crisanta, die ein Häuschen in der Nähe von Chã de Cemitério hatte, er ging auch dorthin und traf auf eine Frau in den Fünfzigern, die jedoch schon alt und zahnlos und eben die Adélia der Senhora Crisanta war, Mutter von sechs Kindern, die alle ins Ausland gegangen waren und die die vergessen hatten, die sie einmal zur Welt gebracht hatte, es heißt ja nicht umsonst, dass es niemanden gibt, der undankbarer ist als das Kind eines Kapverdianers. Ein Buch? Aus welchem Grunde sollte der Verstorbene ihr ein Buch hinterlassen! Wenn er ihr etwas anderes hinterlassen hätte, ein bisschen Geld zum Beispiel, aber ein Buch! Nein, nein, das könne nicht für sie sein.

Außerdem habe sie nie einen Napumoceno da Silva Araújo gekannt. Einen so merkwürdigen Namen hätte sie nie vergessen. Das Buch sei ganz sicher nicht für sie, und sie brauche auch keine Bücher. Wenn es was anderes wäre, immer gern! Senhor Fonseca dankte Gott dafür, dass diese Adélia nicht die Adélia des Verstorbenen war, obwohl sie mit zahnlosem Mund gesagt hatte, sie sei die einzige Adélia auf São Vicente. Daher und nur um sein Gewissen zu beruhigen, beschloss Senhor Fonseca, Adélia durch eine Bekanntmachung im Radiosender Voz de São Vicente zu suchen. Es war jedoch nicht einfach, eine Bekanntmachung zu formulieren, die gleichzeitig für die gesuchte Person unmissverständlich war und die Ehre des Verstorbenen nicht befleckte. Denn für ihn bestand, obwohl der Mann nie den Namen des Mädchens genannt hatte, derentwegen er den Kopf verloren hatte, kein Zweifel daran, dass es sich um ebendie handelte, die durch die Rückkehr ihres »Herrn« den Verstorbenen so sehr aus der Bahn geworfen hatte, dass dieser nur noch in den Schatten seiner Kindheit eine Zuflucht gesehen hatte. Er lächelte, als er daran dachte, welch ein Aufschrei der Empörung an dem Tag die Stadt erfüllen würde, an dem man einmal die Moral ihrer Kleinbürger unter die Lupe nehmen und aufdecken würde, was sie alles an Unzüchtigem verbargen. So hatte er auch ein Lächeln nicht unterdrücken können, als er Carlos von der Keuschheit des Onkels reden hörte, weil er gleich an die traumhafte Nacht gedacht hatte, von der der Verstorbene berichtet hatte, nämlich an die Nacht, die jener mit der Frau aus Dakar verbracht hatte, an die mit dem *descendre à la cave* und der mit Antibiotika 914 kurierten Gonorrhö. Daher war ihm, obwohl der Verstorbene ihm nichts von den Nächten mit Adélia erzählt und auch Graça den Inhalt der Hefte nie erwähnt hatte, vollkommen klar, dass Adélia eine weitere Konkubine des Spitzbuben gewesen war, der immer den Eindruck erweckt hatte, als könne er kein Wässerchen trüben. Denn wer würde, bei rechtem Licht betrachtet, glauben, dass dieser ernsthafte Bücherwurm und Stadtverordnete mit dem geheimen Wunsch, einmal Vorsitzender der Gemeindeversammlung zu werden, fähig gewesen war, eine Putzfrau auf seinem Schreibtisch zu besteigen? Hätte es jener nicht gestanden, er, Fonseca, hätte eine so wahnsinnige Geschichte nie geglaubt, vor allem weil der Mann nach der heißen Phase wieder vernünftig geworden und sich nur um sein Geschäft, seinen Fußballverein Sporting und seine Gemeindeversammlung gekümmert hatte. Und da er in der Suchmeldung nicht um Informationen über eine gewisse Adélia bitten konnte, die vor etwa dreißig Jahren eine Liebschaft mit dem Verstorbenen Araújo gehabt hatte, was in der Stadt einschlagen würde wie eine Bombe, entschied er sich für die folgende Form der Mitteilung: Der illustre Verstorbene, Napumoceno da Silva Araújo, dessen Dahinscheiden vor etwa einem Monat für uns alle ein unersetzlicher Verlust war, hat verschiedenen Bürgern dieser Stadt, die er liebte wie seine Heimat, viele persönliche Gegenstände vermacht. Fast alle diese Personen wurden bereits gefunden, und die verschiedenen Vermächtnisse, die die Erinnerung an den innig vermissten und beweinten Verschiedenen verewigen sollten, wurden ordnungsgemäß übergeben. Dennoch war es uns bislang nicht möglich, die Adresse einer Freundin aus seiner Kindheit, einer Dame namens Adélia, auszumachen, der er ein wertvolles Erinnerungsstück hinterlassen hat. Daher wird die sehr verehrte gnädige Dona Adélia gebeten, sich mit den Büros der Firma Araújo, Lda., in Verbindung zu setzen, um persönlich diesen Gegenstand in Empfang zu nehmen, der ...

Adélia meldete sich trotz der sechs Tage lang dreimal täglich ausgestrahlten Suchmeldung nicht, und da machte sich

Maria da Graça selbst auf die Suche, bis sie herausfand, wo sich die Liebe ihres Vaters aufhielt, oder, besser gesagt, endgültig zum Schluss kam, dass Adélia nur in der Vorstellung des Alten existiert hatte. Denn vor allem das dritte Heft war ihr etwas exotisch vorgekommen, und sie hätte fast eine Mystifikation vermutet, wenn im Testament nicht gestanden hätte, dass er nach seiner ersten Rückkehr aus São Nicolau begriffen habe, dass das Leben mehr sein könne als nur die Sorge ums Geldverdienen und sich Verrücktheiten wie jenen hinzugeben, sich mal als Amateurfotograf, mal als Landschaftsmaler aufzuspielen – in seinem Haus gab es immer noch Bilder von ihm, die den Monte Cara und die Bucht und andere Ansichten der Stadt darstellten –, um schließlich, fast am Ende seines Lebens feststellen zu müssen, dass er seine wahre Berufung beinahe vergeudet habe, die nämlich, ein Schriftsteller zu sein. Übrigens fand Graça in mehreren Stapeln von fünfhundert Blatt in Pappordnern wohlverwahrten Kanzleipapiers die Aufzeichnungen des Alten über die große Überschwemmung, darüber beispielsweise, wie er den Regen mit seinen Regenschirmen gerufen hatte, und in denen er seine Eindrücke von dem schweren Unglück niedergeschrieben hatte. Es war in Wahrheit ihm zu verdanken, dass Graça sich eine realistischere Vorstellung von dieser Tragödie machen konnte, von der sie seit ihrer Kindheit hatte reden hören. Denn Senhor Napumoceno beschränkte sich nicht darauf, von den zerstörten Häusern oder von einem abstrakten Volk zu berichten, das vor Kälte mit den Zähnen klappernd auf den Straßen stand und seine Ohnmacht herausweinte. Er erzählte von einer Senhora Rosa, in deren Haus er gewesen war und die er dort auf einer Holzwand balancierend vorgefunden hatte, die das Wohnzimmer vom Schlafzimmer trennte, mit einer Hand an den Dachsparren festgeklammert, in der anderen ein Kind. Ich sah sogleich, dass sie nicht bei sich war, weil das Wasser bereits aus dem Haus gelaufen war und Senhora Rosa immer noch auf der Wand stand. Ich rief sie, Senhora Rosa, Senhora Rosa, doch sie bewegte sich nicht, als wären die beiden tot. Das Wasser hatte die Möbel verrückt, die Matratze, die Wäsche und sogar der Koffer waren klitschnass. Ich kam zu dem Schluss, dass das Wasser als Sturzbach ins Haus gedrungen war, dass aber zum Glück die Tür zum Garten schließlich nachgegeben hatte und es nach draußen abgeflossen war. Senhora Rosa blieb dort oben auf der Holzwand stehen, bis ich auf einen Tisch stieg, um ihr das Kind aus der Hand zu nehmen. Der Krampf schien jedoch die andere Hand dort, wo sie sich festhielt, angeschweißt zu haben, und erst unter vielen Schwierigkeiten gelang es mir, sie zu lösen, weil auf meine Rufe nur ihre starren, zu Tode erschreckten Augen antworteten.

Während sie hier und da etwas las, blätterte Graça in allen Papieren des Verstorbenen, und in den verstreuten Seiten fand sie verschiedene Zusätze zum Testament, vor allem Impressionen von São Nicolau, einen äußerst vollständigen Bericht über seine Ferien auf Boa Vista, aus dem Senhor Napumoceno gewiss das herausgezogen hatte, was er im Testament zu stehen für würdig erachtet hatte, denn außer ein paar sprachlichen Verbesserungen war der Text derselbe, allerdings war eine kleine Szene ausgelassen, nämlich die, die sich zwischen ihm und Dona Jóia nach ihrer Rückkehr vom Ball in Rabil abgespielt hatte. In jener Nacht war er bereits im Bett gewesen, als er ein leises Klopfen an der Tür hörte, doch es war so leise, dass er glaubte, die Schlafzimmertür offen gelassen zu haben. Aus Angst vor Zugluft, die er schon sein ganzes Leben gefürchtet hatte, stand er schnell auf, um die Tür zu schließen, als sich das Klopfen wiederholte. Er öffnete die

Tür, um zu sehen, was los war, und stand vor einer Gestalt in Weiß, die er als Dona Jóia erkannte. Nun hatte er, als er seinen Koffer packte, unglücklicherweise vergessen, einen Pyjama mitzunehmen, und daher stand er in langen Unterhosen vor einer Dame, die er für eine Angehörige der besten Gesellschaft erachtete. Er wollte sich hinter der Tür verstecken und machte schon den Mund auf, um sich bei Dona Jóia zu entschuldigen, als Dona Jóias Mund den seinen mit einem Kuss verschloss, der gewiss zärtlich gewesen wäre, wäre er auf ihn vorbereitet gewesen. Denn während der Dauer des Kusses, dachte er, dass er nur allzu voreilig die Hosen ausgezogen hatte, um zu Bett zu gehen, und an die traurige Figur, die er in bis zum Knie reichenden Unterhosen vor einer Dame abgab. Ihm kam überhaupt nicht in den Sinn, dass die Dame vielleicht hereinwollte, und er forderte sie also nicht dazu auf. Daher floh Dona Jóia, als sie hinten im Korridor ein Husten hörte, in ihr Zimmer, und am nächsten Morgen war sie wieder die, die sie in den vorangegangenen Tagen immer gewesen war, Guten Tag, mein lieber Senhor Araújo, haben Sie gut geschlafen? Ich hoffe, Sie werden eine gute Reise haben, und vergessen Sie die Freunde nicht, die Sie auf Boa Vista gewonnen haben.

Über Adélia hingegen hatte Senhor Napumoceno nichts geschrieben, und das kam Graça besonders merkwürdig vor. Daher machte sie sich zu einer diskreten Nachforschung im Monte-Viertel auf und besuchte dort verschiedene Häuser. In jedem, das sie betrat, waren der Name und die Person des Senhor Napumoceno bekannt. Ein sehr reicher, hochgebildeter Mann, sagte man zu ihr. Auch jemand, der immer grüßte, er nannte alle Leute bei ihrem Namen. Natürlich hatten sie ihn seit Jahren nicht mehr gesehen. Es hieß, er sei krank geworden, dem Alter entgeht keiner. Aber ein sehr guter Mann.

Über Adélia hingegen kein Wort. Die Alten erzählten wohl von einer Adélia, die aus dem Monte-Viertel verschwunden sei, doch niemand wusste, wohin. Ja, ein mageres, stets lächelndes Mädchen mit schmalen Augen. Seit Jahren schon sei sie in der Gegend nicht mehr gesehen worden. Mit dem Schiff abgereist? Vielleicht! Zumal ihr Liebster Emigrant war. Aber wenn sie geheiratet hat, hätten die Leute es doch erfahren, nicht wahr? Senhor Araújo hier in der Gegend? Ja, in der ersten Zeit, nachdem er den Wagen hat kommen lassen, da ist er immer wieder mit seinem Straßenkreuzer, dem schönsten und saubersten Wagen von ganz São Vicente, hier spazieren gefahren, wir haben nicht mal gewagt, ihn mit der Hand zu berühren. Doch dann hat er es gelassen, vielleicht ist er dann woanders spazieren gefahren. Immer wieder dieselbe Geschichte, Graça war überall im Monte-Viertel und anschließend in Monte Sossego gewesen. Und dann kam sie darauf, ihre Mutter zu fragen, wer denn diese Adélia sein könnte, der Senhor Napumoceno ein Vermächtnis hinterlassen hatte. Ihre Mutter meinte jedoch nur, es könnte vielleicht eine Krankenschwester gewesen sein, die ihm einmal eine Spritze gegeben habe.

Graça hatte sich zwar nicht entschlossen, ganz nach Alto Mira-Mar zu ziehen, doch in Wahrheit verbrachte sie bereits die ganze Zeit zwischen den Papieren des Verstorbenen und damit, sein Hab und Gut durchzusehen. Und dabei fand sie eines Tages in einer Schublade des Kleiderschrankes eine Ledermappe mit einem Reißverschluss, die mit einem Lacksiegel verschlossen und mit einem Kärtchen versehen war, auf dem stand, für meine Tochter Maria da Graça mit aller Liebe von ihrem Vater. Einen Augenblick lang hielt sie sie in der Hand und war überrascht, dass sie sich vor den Enthüllungen fürchtete, die sie dort finden würde. Dann entschloss sie sich aber, das Siegel zu brechen und sie zu öffnen, und schüttete die Papiere aus, doch außer Gedichten und Berichten über die Reisen, die er drei Monate lang gemacht hatte, fand sie nichts weiter. Sie suchte vergebens irgendetwas Schriftliches, das sie auf die eine oder andere Weise zu Adélia führen konnte, und während sie herumsuchte, sah sie einen Hinweis auf Carlos. Sie zog das betreffende Papier heraus und erfuhr so, welches der tiefere Grund dafür gewesen war, dass Senhor Napumoceno Carlos aus der Reihe derer gestrichen hatte, die er als Familie betrachtete. Es war ein beinahe pathetischer Text, Senhor Napumoceno rechtfertigte sein Verhalten Schritt für Schritt, als stünde er vor einem Gericht, während er gleichzeitig haarklein jede Geste und jedes Wort von Carlos aufführte, um dessen Verurteilung zu bekräftigen. Um Graça in die Angelegenheit einzuführen, sagte er, er habe keinen Zweifel daran gehabt, dass Carlos über seine Rückkehr aus dem Urlaub nicht sehr begeistert gewesen sei. Erstens habe er in dem kurzen Zeitraum von drei Monaten nicht weniger als acht Briefe von ihm bekommen, lange Briefe, auf die er manchmal mit kurzen Postkarten aus den Orten geantwortet habe, die er damals gerade besuchte, Briefe, in denen Carlos, wie konnte es anders sein, berichtete, dass die Firma gut lief, doch sie klangen auch so, als wollte er ihm zwischen den Zeilen sagen, er solle doch ungestört reisen, mit der Rückkehr keine Eile haben, kurz, die Firma liefe und in seiner, Napumocenos, Abwesenheit womöglich noch besser. Nun sei er zwar ohne vorherige Ankündigung zurückgekommen und habe alles in bester Ordnung vorgefunden, Soll und Haben geregelt, die Importe pünktlich, die Kunden auf den Inseln wunschgemäß beliefert, die Kaufmannschaft von São Vicente schätzte Carlos' Freundlichkeit, was ihn nach einer kurzen Analyse der Situation der Firma dazu bewogen habe, nicht zu viel in die

Geschäfte einzugreifen, den Jungen machen und sich beweisen lassen, umso mehr, als ihn andere Sorgen bedrückten, die er für wichtiger gehalten habe. Doch habe ihn allmählich ein gewisses abfälliges Lächeln bei Carlos zu stören begonnen, der angesichts seiner Aktivitäten sogar einmal gewagt habe, diese als fiebrig zu bezeichnen. Senhor Napumoceno wusste nicht, ob Carlos mit fiebrig Fieber oder hektisches Verhalten meinte, weil er nur gesagt hatte, Sie sind fiebrig, Onkel!, und dabei hatte er, zumindest war es ihm so vorgekommen, spöttisch gelacht. Dennoch hatte er ihn auf das große Amerika hingewiesen, wo, wie er ja schon lange wusste, die Leute nicht einmal Zeit hatten, sich am Kopf zu kratzen, was er in loco festzustellen das Glück gehabt habe. Doch Carlos hatte ihm mit der ihm und für die Jugend typischen Hitzigkeit geantwortet, Hier ist Cabo Verde, wir sind weit weg von Amerika, hier bestimmen wir über die Zeit. Allerdings hatte er letztlich nicht verstanden, was Carlos damit sagen wollte, denn ihm war Carlos nie untätig vorgekommen, im Gegenteil, er hatte alles immer prompt erledigt, wenn auch ohne große Hast. Diese beiden Umstände brachten Senhor Napumoceno auf zwei Gedanken: Erstens kam er zum Schluss, dass er in der eigenen Firma, die er mit eigener, persönlicher Arbeit geschaffen hatte, gerade noch geduldet war; zweitens stellte er fest, dass er von seinem Neffen keineswegs geliebt wurde, für den er alles getan hatte, er hatte ihn sogar nach Lissabon geschickt, damit er dort eine Tuberkulose auskurierte, dass dieser nur seinen Tod wünschte, damit er sich flugs auf ein Vermögen stürzen könnte, das er fest und konsolidiert vorfinden würde, wahrscheinlich würde er sogar vergessen, einmal im Jahr die Messe für den ewigen Frieden des Onkels lesen zu lassen, der sein ganzes Leben lang hart gearbeitet und für ihn gespart hatte. Und inmitten dieser bitteren Gedanken musste

Senhor Napumoceno sich eingestehen, dass Carlos ihm letzten Endes keinen Respekt, keine Freundschaft oder Hochachtung aufgrund dessen, wer er war, zollte, sondern darauf wartete, dass er bald und ohne viel Kosten zu verursachen, stürbe. Er erinnerte sich beispielsweise an Carlos' Freude, als er, Napumoceno, ihm eines Tages gesagt hatte, dass es neben dem der Republik noch andere Präsidenten gebe, nämlich einen Präsidenten des Gemeinderates. Denn würde er im Gemeinderat beschäftigt sein, sich um Gemeindeinteressen kümmern, dann würde Carlos der einzige Geschäftsführer der Firma Araújo, Lda., sein, tun und lassen, was er wollte, ohne ihn um Erlaubnis zu fragen. Und es war ihm so erschienen, als sei Carlos in den darauffolgenden Tagen feierlicher, beinahe servil in sein Büro getreten, er hatte sich sogar die Mühe gemacht, kleine schriftliche Botschaften zu hinterlassen, wie zum Beispiel, Ich hoffe, Sie haben gut geschlafen, Onkel, oder aber er sagte, Guten Tag, lieber Onkel, wenn sie einander begegneten, doch immer so, als wollte er in Wahrheit als Antwort, Leider nicht, mein Neffe, es geht bergab, ich bin schon ganz schön klapprig, hören, denn in der Tat war Carlos eines Tages, als er absichtlich nicht in der Firma erschienen war, ganz außer Atem bei ihm zu Hause aufgetaucht und hatte ausgesehen, als hätte er einen Schock erlitten, als Senhor Napumoceno ihm die Tür öffnete, Mir geht es ausgezeichnet, ich wollte nur ein paar Papiere ordnen.

Doch dann war er am nächsten Tag in sein Büro gekommen und hatte gleich das Tonbandgerät angestellt, um mögliche Botschaften abzuhören, die inzwischen hinterlassen worden waren. Nun muss gesagt werden, dass er selten gestört wurde, er war nie ein Mann gewesen, der viel von Bürokratie gehalten hatte, seine Buchführung beschränkte sich auf Soll und Haben, und während Carlos die Importe machte, hatte er sich ausschließlich der inneren Einkehr gewidmet, indem er sich darauf vorbereitete, sein Leben als *self made man* niederzuschreiben und zukünftigen Generationen zu zeigen, dass allein die produktive Arbeit in Verbindung mit einer geradlinigen Unterweisung das wirksamste Mittel zur Befreiung des Menschen aus Dunkelheit und Elend sind. Dennoch stellte er jeden Tag das Tonbandgerät an, mehr aus Gewohnheit denn in der Erwartung, eine Nachricht vorzufinden. An jenem Tag hatte er es also angestellt und gehört, Du bist nichts als ein durchtriebener Alter, du bist überzeugt davon, dass die Leute nicht wissen, dass du dein Vermögen mit Schmuggel und Betrug gemacht, den alten Baptista, der schon senil war, bis aufs Hemd ausgezogen hast, du bist mit Flöhen an den Füßen von São Nicolau gekommen, und jetzt gibst du vor, ein feiner Mann zu sein, doch viele erinnern sich noch an dich, wie du in Praia Branca die Hacke in der Hand hattest und in der Regenzeit die Raben verscheuchtest, und sogar daran, wie du hier auf São Vicente Botenjunge für die Core warst. Du hast schnell vergessen, dass du ein Niemand warst, doch eines Tages wird jemand kommen, der den Mut hat, dich zu kritisieren und dich an verschiedene Dinge zu erinnern.

Senhor Napumoceno hörte sich diese ganze Rede von Anfang bis Ende an, weniger weil er es hören wollte, sondern weil er nicht die Kraft hatte, das Tonband abzuschalten. Und als der Apparat schwieg, hätte er ihn am liebsten auf den Boden geworfen und ihn ebenso mit Steinwürfen zerschmettert wie den Dreckskerl, der ihn, einfach so, grundlos diffamierte, als wäre es eine Schande, aus eigener Kraft im Leben aufgestiegen zu sein, ohne irgendjemandem etwas zu schulden, durch die eigene Arbeit und eigene Intelligenz. Es war meine Arbeit, brüllte er, und Carlos erschien lächelnd, dienstbeflissen in der Tür. Haben Sie gerufen, Onkel? Doch als er das rot angelaufene Gesicht von Senhor Napumoceno sah, fragte er zuvorkommend, ob er sich schlecht fühle: Was haben Sie, ist etwas passiert?, doch Senhor Napumoceno konnte nicht einmal den Mund aufmachen, um zu atmen: Carlos ging hinaus, kam mit einem Glas Wasser wieder zurück, das er den Onkel zu trinken zwang, Ist etwas Schlimmes passiert, irgendeine Nachricht? Doch Senhor Napumoceno fing sich wieder. Es war nichts, ein Unwohlsein, ist aber schon vorbei, du kannst wieder an deine Arbeit gehen, vielleicht ist mir der Kaffee auf den Magen geschlagen.

Carlos blieb noch einen Augenblick lang stehen und sah den Onkel an, sah sich um, war bereit, etwas zu tun, oder, falls notwendig, Hilfe zu holen, doch als er sah, dass der Anfall sich nicht wiederholte, war unerwartet jenes zynische Lächeln über sein Gesicht gegangen.

Senhor Napumoceno erhob sich und ging im Büro auf und ab, erst erhobenen Hauptes mit großen Schritten und herabbaumelnden Händen, dann mit kleinen Schritten, die Hände hinterm Rücken, den Kopf auf der Brust. Doch während er so auf und ab ging, spürte er intuitiv, dass er nicht allein war. Und er bemerkte, dass ein Lichtstreifen, der normalerweise unter der Tür durchfiel, an jenem Tag nicht wie üblich gegenwärtig war. Er riss die Tür auf, und Carlos fiel in sein Arbeitszimmer. Trotz alledem bewunderte Senhor Napumoceno noch die Kaltblütigkeit, mit der der junge Mann, wenn auch etwas durcheinandergebracht, sagte, er habe gerade klopfen wollen, um zu sehen, ob alles in Ordnung sei. Hast du mich durchs Schlüsselloch beobachtet, fragte Senhor Napumocenos Stimme cholerisch, doch Carlos lächelte. Wie kommen Sie darauf, Onkel, ich hatte mir nur Sorgen um Sie gemacht, wegen Ihres Zustandes. Sie waren so gut aufgelegt gekommen und plötzlich diese ungewöhnliche Beklemmung, ich glaube, Sie verbergen mir etwas, Onkel. Mein Junge, sagte Senhor Napumoceno, inzwischen wieder sanft, ich habe dir schon hundertmal gesagt, dass ein Geheimnis nur einem einzigen Menschen gehören darf, und selbst das ist schon einer zu viel. Daher solltest du nicht mehr wissen wollen, als du wissen musst. Und jetzt wieder an die Arbeit.

Doch als er die Tür wieder schloss, blinkte eine kleine Lampe in seinem Kopf auf, dann begannen noch mehr Lichter in seinem Kopf zu glitzern, und deshalb lächelte er, setzte sich und griff zu Papier und Bleistift. Erstens: Jeden Tag, sobald ich die Tür öffne, erscheint Carlos zuvorkommend, Guten Tag, Onkel, wie haben Sie geschlafen, usw., usw. Heute ist er nicht erschienen, und dennoch hat er behauptet, gesehen zu haben, wie ich hereinkam, und jetzt hat er gerade eben noch felsenfest behauptet, ich würde etwas vor ihm verbergen. Zweitens: Wenn ich die Augenblicke rekonstruiere, seit Carlos dieses Büro betrat, dann bemerke ich, dass er, als er hereinkam, die Augen auf das Tonbandgerät gerichtet hatte und den Blick nicht von ihm gewendet und es noch beim Hinausgehen angesehen hat, als wüsste er, dass der Grund meines Unwohlseins das Tonbandgerät war. Drittens: Carlos ist der einzige Mensch, der weiß, dass ich ein Tonbandgerät für Botschaften besitze, denn bislang hat nur er es für sein Gute Nacht, Onkel, benutzt. Viertens: Jeden Tag spricht er eine Nachricht darauf, selbst wenn es nur ein Bis morgen ist, doch gestern hat er keine Botschaft hinterlassen. Mit anderen Worten: Er lehnte an der Tür, weil er von der Botschaft wusste, und deshalb wollte er sich vergewissern, wie weit das Böse, das er produziert hatte, auch seine Wirkung tat.

Senhor Napumoceno lächelte beinahe glücklich, als er das Tonbandgerät wieder anstellte, um die Botschaft ein zweites

Mal zu hören. Und als er sie hörte, überlegte er, was er mit dem Undankbaren, dem Dreckskerl, dem Hurensohn machen sollte, den er vor der Feldarbeit gerettet und von der Tuberkulose geheilt hatte. Als sein Bruder gestorben war, hatte ihm der Neffe einen Brief geschrieben, in dem er den Onkel um Hilfe bat. Er wisse von dessen Wohlstand, und er, Carlos, habe niemanden auf der Welt. Wenn der Onkel ihm eine einfache Stellung als Dienstbote in seinem Laden geben könnte, wäre er ihm auf ewig dankbar und verbunden usw. Er, Napumoceno, kam zum Schluss, nachdem er den Neffen kennengelernt hatte, dass nicht er den Brief an ihn geschrieben haben konnte, denn es stellte sich heraus, dass Carlos nur Zahlen im Kopf hatte. Doch seis drum, er hatte zugestimmt und aus ihm einen Mann machen wollen. Er hatte ihn zur Schule gehen lassen, und erst als er erkannte, dass das zum Fenster rausgeworfenes Geld war, beschloss er, eine Anstellung für ihn zu finden. Doch jetzt hatte Carlos dies alles vergessen, er hatte vergessen, dass er ein Vermögen würde erben können, und gesellte sich zum Lumpengesindel der Verleumder, um zu seinen Anfängen zurückzukehren. Er begann, die Aufnahme niederzuschreiben, und bemerkte, dass der Klang gedämpft war, als wenn die Person ihre Stimme verstellt hätte, doch auf alle Fälle war es jemand, der die Hochsprache nicht gut beherrschte, weil er falsch betonte und São Nincolau sagte, und ihm fiel ein, dass er immer Carlos berichtigte, wenn er São Nincolau sagte, São Nicolau ...

Er sah abermals den Schatten an der Tür, sagte sanft, Du kannst hereinkommen, Carlos trat ein, und Senhor Napumoceno sah ihn an und dachte, undankbare Welt, man tut besser daran, dich zu beweinen, als dich zu loben, doch er sagte, Von heute an will ich dich, solange ich lebe, nie wieder sehen. Carlos versuchte, es zu leugnen, sagte nur, Onkel, es war ein übler Scherz, in Wirklichkeit habe ich Sie ehrlich gern und weiß, dass ich Ihnen unendlich viel verdanke, auch weil Sie mich von São Nincolau weggeholt haben, doch Senhor Napumoceno war unerbittlich, Geh mir aus den Augen, ich schicke dir den Mist, den du noch hier hast, nach, und Carlos ging mit gesenktem Kopf beschämt hinaus. Am Nachmittag erhielt Senhor Napumoceno einen Brief von Carlos, doch er weigerte sich, ihn zu öffnen.

Er gestand sich indes ein, dass er schon keine Lust mehr hatte, wieder zu den Geschäften am Kai zurückzukehren, zu den Lieferanten, den Importpapieren und dem ganzen Rest. Seit sieben Jahren hatte er sich von diesem Ärger zurückgezogen und wollte nicht dahin zurück. Einerseits war es dies, andererseits hegte er auch die Absicht, weiterhin zu schreiben. Daher erwog er, die Firma Araújo, Lda., aufzulösen, sich aus den Geschäften zurückzuziehen und von seinen Erträgen zu leben. Andererseits aber schmerzte es ihn, das Werk fast eines ganzen Lebens zu zerstören, und er sah sich bereits an Salina vorbeifahren und das beeindruckende Schild Araújo, Lda. – Import-Export vom Namen irgendeines dahergelaufenen Kaufmanns ersetzt. Deshalb verbrachte er einige bittere Nächte, in denen er über die beste Lösung nachgrübelte, und als hätten die Ramires' seine Gedanken erahnt, tauchten sie auf und boten sich als Gesellschafter an, ein Vorhaben, das ihm äußerst vorteilhaft erschien: eine Ramires & Araújo schaffen, mit einem weder zu großen noch zu mickrigen Stammkapital zu zwei gleichen Anteilen, die das Erbe und die Tradition Araújos übernehmen und fortführen würde. Er packte die Gelegenheit beim Schopfe, vor allem, weil die einzige Bedingung, die er stellte, nämlich die, sich von den Geschäften zurückzuziehen und nur die Dividende zu erhalten, begeistert aufgenommen wurde. Und erst später sah er, welchem Schwindel er aufgesessen war, die Ramires' waren am Ende, pleite und bis über beide Ohren verschuldet, sie hatten nicht einmal genügend Geld, um ihr Stammkapital einzuzahlen.

# 8

Die Ledermappe verschaffte Maria da Graça eine beinahe umfassende Vorstellung von dem Mann, der ihr Vater gewesen war, weil sie ihr erlaubte, seinen Alltag vom Sonnenaufgang bis zum Sonnenuntergang nachzuvollziehen und seine Überspanntheiten und Marotten so gut kennenzulernen, als hätte sie ein ganzes Leben lang mit ihm zusammen verbracht. Sie erfuhr zum Beispiel, dass Senhor Napumoceno jeden Tag, ob gesund oder krank, unverrückbar um sechs Uhr aufstand. Er öffnete das Fenster seines Schlafzimmers, das zum Monte Cara hinausging, und atmete dreißigmal tief ein, um, wie er erklärte, den Puls der Zeit und der Stadt zu fühlen. Dann begab er sich ins Badezimmer, wo er erst pinkelte und dann die Hände und den Mund wusch und fünf Minuten lang nach der Uhr im Badezimmer die Zähne putzte, vorn, rechts, links, oben, unten, hinten, und dann gurgelte er, wobei ihm der Schaum in den Rachen lief, der anschließend unter Würgen wieder herausbefördert wurde. Dann nahm er eine andere Bürste, schrubbte gewissenhaft die Zunge, und erst dann setzte er sich auf das Toilettenbecken, wo er sich damit vergnügte, Zeitschriften oder andere Heftchen einer kleinen Sammlung leichter Werke zu lesen, die dem Ort der Erbauung entsprachen. Er benutzte vier Zahnbürsten am Tag, zwei morgens, eine nach dem Mittagessen, die vierte, wenn er zu Bett ging, und jede Woche benutzte er achtundzwanzig Zahnbürsten, die jede für sich in einem Plastikbecher standen, welcher mit einem Aufkleber versehen war, der den Wochentag angab, wobei jede Farbe wiederum Ort oder Zeitpunkt angab, Grün bedeutete für die Zähne, Rot für die Zunge, Gelb nach dem Mittagessen und Blau vor dem Schlafengehen. Er sagte, er habe gelernt, dass ein moderner Mann es hinnehmen müsse, mindestens zwei Minuten seines Vierundzwanzig-Stunden-Tages für so wichtige Dinge wie die Hygiene seines wichtigsten Organs zu opfern, und deshalb beschlossen, dass er mindestens acht Minuten pro Tag seinem Mund widmen würde.

Doch am meisten beeindruckte Maria da Graça an der Persönlichkeit ihres Vaters die Leidenschaft, die er für Ordnung und Methode an den Tag legte. Er sagte, dass er sich um 7.20 Uhr von der Toilette erhob, um eine kalte Dusche zu nehmen, und sich um 7.45 Uhr an den Tisch setzte, um eine Tasse Kaffee zu trinken und eine Scheibe Toast zu essen. Pünktlich um 8 Uhr öffnete er die Tür zu seinem Büro, damit es geputzt würde, arbeitete dann im Geschäft oder ging seinen beruflichen Verpflichtungen nach, doch um 12.25 Uhr kehrte er wieder nach Hause zurück, um vor dem Mittagessen einen Aperitif zu trinken. Seit jener schicksalsträchtigen Champagnernacht im Royal und den darauffolgenden Überschwemmungen hatte er geschworen, nie wieder einen Fuß in eine Bar zu setzen. Doch er liebte es, seinen Aperitif zu Hause zu trinken, der sich danach richtete, ob es sich um einen Werk- oder Sonn- oder Feiertag handelte. An normalen Tagen zog er einen trockenen weißen Wermut vor; feiertags oder sonntags war es immer ein Gin Tonic. Er aß regelmäßig um 13 Uhr, immer allein, das Dienstmädchen trug das Essen auf, zog sich zurück, und pünktlich auf die Minute begab er sich ins Speisezimmer, wo er jeden Bissen 25-mal kaute, gleichgültig, ob es nun Fleisch oder Fisch oder irgendetwas anderes war. Das hatte er auch aus einem Buch gelernt. Nach dem Mittagessen genoss er einen Digestif. Alltags war es ein alter Zuckerrohrschnaps aus Santo Antão, sonntags oder feiertags ein französischer 3-Sterne-Cognac. Nur an Fest- oder Heiligentagen ließ er einen 5-Sterne oder VSOP zu.

Es zeigte sich, dass er auch in Bezug auf seine Kleidung ähnlich anspruchsvoll war, vor allem was seine Unterwäsche betraf, für die er eine ganz besondere Pflege forderte. Die bekannte Überspanntheit der Zweijahresanzüge war ja ausschließlich auf eine kommerzielle Ursache zurückzuführen, was jedoch nicht verhinderte, dass er für seine Unterwäsche Sorgfalt, Sauberkeit und Pflege verlangte. Er schätzte es zum Beispiel sehr, wenn seine langen Unterhosen und seine Unterhemden, damit sie schön weiß leuchteten, nach der Wäsche in Indigowasser gespült wurden, das aber nicht so verdünnt sein durfte, dass kein Glanz zurückblieb, aber auch nicht so konzentriert, dass die Wäsche blau wurde. Es war dies übrigens sein Hauptanliegen an die Dienstboten, und er ging sogar so weit, wenn er ein Dienstmädchen auswechseln musste, die neue einem Test in der Herstellung von Indigo-Wasser zu unterziehen. Er war höchst zufrieden, als Dona Eduarda seinen Weg kreuzte und später in seinem Haus angestellt war. Er sang ständig ihr Loblied, indem er sie als schweigsame, respektvolle, arbeitsame Frau bezeichnete, und Graça fand auf vielen losen Blättern Sätze wie diesen: Ich bin begeistert. Dona Eduarda hat mir ein äußerst saftiges Beefsteak zubereitet. Oder: Niemand bügelt ein Hemd besser als Dona Eduarda.

So lernte Graça in tagelanger Lektüre ihren Vater posthum kennen, war fasziniert und las gierig den Inhalt der Ledermappe. Sie erfuhr beispielsweise, dass es für Senhor Napumoceno keine überflüssigen Details gab und dass alles, was mit seinem Leben zu tun hatte, wichtig und würdig war, für die Nachwelt aufgezeichnet zu werden. Doch die Seiten, auf denen Senhor Napumoceno über Kinder im Allgemeinen und insbesondere über sie, Maria da Graça, schrieb, las sie mit ehrlicher Rührung. Es schien so, als hätte er sich nie gewünscht, ein Kind zu haben, weil, wie er sagte, sosehr man sich auch ein Kind wünsche, niemand a priori wisse, ob er eines zeugen könne oder nicht, weil dies von Unwägbarkeiten abhinge, die sich der menschlichen Kontrolle entzögen. Daher sei es ihm absurd erschienen, wenn jemand sagte, er habe ein Kind gemacht, weil er es gewollt habe. Doch andererseits ist ein Kind zu zeugen immer so etwas wie eine Herausforderung für den Mann, weil er weiß, dass er in sich alle Möglichkeiten trägt, einen Mechanismus zu entfesseln, der jedoch nicht abläuft, wenn er es will, sondern nur, wie es gerade kommt. Und daher ist der normale Wunsch eines jeden Mannes, wissen zu wollen, ob er auch zeugungsfähig ist, weil Kindermachen derart zu einer Kategorie der individuellen Selbstbestätigung geworden sei, dass häufig von Männern gesagt wurde, sie seien durchs Leben gegangen, als wären sie nie hier gewesen, weil sie nicht einmal in der Lage gewesen seien, ein Kind zu machen. Allerdings begehrte man häufig eine Frau und nicht ein Kind von ihr, weil man die unterschiedlichen sozialen Umstände nicht außer Acht lässt. Und es war zweifellos ein ungeheurer Schock für ihn gewesen zu erfahren, dass Maria Chica, seine Putzfrau, von ihm, dem Chef, schwanger war, weil dies nicht nur eine ungewollte Schwangerschaft war, sondern zudem öffentlich nicht anerkannt werden konnte. Er dachte an eine Abtreibung vor Ort, doch er sah ein, dass dies zu viel Aufsehen erregen würde. Daher beschloss er, sie nach Lissabon zu schicken, es wäre eine Ausgabe, die die Firma ohne Weiteres tragen könnte. Maria Chica wollte jedoch von einer Abtreibung nichts wissen. Sie hatte immer ein Kind haben wollen, beklagte sich sogar darüber, immer unfruchtbar gewesen zu sein, und wenn Gott ihr nun ein Kind schenkte, würde sie es nicht wegmachen. Und sie hörte nicht auf die Argumente von Senhor Napumoceno, wie unschicklich ein Kind wäre, und sagte schließlich, dass es auf dieser Welt viele Kinder ohne Vater gebe und eines mehr auch keinen Unterschied mache. Sie versprach aus freien Stücken, niemals den Namen des Vaters zu enthüllen. Angesichts dieses guten Willens hatte die Firma beschlossen, sie in Rente zu schicken, sie war nach Lombo de Tanque gezogen, und die Firma ließ ihr monatlich die Rente zukommen.

Fünfundzwanzig Jahre lang empfing Dona Chica ihre Rente und unterzeichnete die Quittung für den erhaltenen Betrag, ohne Senhor Napumoceno wegen was auch immer auch nur ein einziges Mal zu behelligen. Durch den Kaufmannslehrling erfuhr er von der Geburt des Mädchens, und da Dona Chica bereits ehelich mit Silvério zusammenlebte, gab es keine ungelegenen Kommentare in Bezug auf die Vaterschaft. So lernte Senhor Napumoceno Maria da Graça erst kennen, als sie zwölf wurde. Obwohl er eine gewisse Neugier darüber empfunden hatte, wie das Kind wohl sein mochte, von dem er wusste, dass es seine Tochter war, tat er nichts, um sie zu treffen, denn es gab kein konkretes Interesse, das ihn sich ihr nähern ließ. Vor allem fühlte er, dass er keine Schuldgefühle in Bezug auf ihre Geburt haben musste, erstens, weil er wusste, dass er die Mutter zwar begehrt hatte, aber kein Kind von ihr haben wollte; zweitens, weil die Entscheidung für ihre Geburt allein der Mutter vorbehalten war und er mit dieser Entscheidung nichts zu tun hatte. Und wenn die Firma gemeint hatte, es sei richtig, einer schwangeren Frau, die gezwungen war, ihre Anstellung aufzugeben, eine Rente zu zahlen, dann war das Einzige, was er, Napumoceno, dazu hätte tun können, dem zuzustimmen. Und wenn die Rente regelmäßig erhöht wurde, dann hing das mit den steigenden Lebenshaltungskosten zusammen und nicht mit irgendwelchen anderen Erwägungen.

Daher hat er nie eine vernünftige Erklärung für die Gründe gefunden, die ihn eines Tages just in dem Augenblick ans Tor des Gymnasiums geführt hatten, als Schulschluss war. Ihn verwirrte jedoch sogleich dieses Meer aus weißen Kitteln mit seiner lächelnden, lärmenden Fröhlichkeit, er stand da und sah diese Jugend und beklagte ein wenig, dass er niemals in seinem Leben das Glück gehabt hatte, solche Augenblicke zu erleben. Nun geschah es aber, dass drei kleine Mädchen laut redend und einander anlächelnd auf Senhor Napumoceno zukamen. Er sagte, dass er, als das Mädchen in der Mitte ihn angesehen habe, sich gefühlt habe, als hätte man ihm das Herz aus dem Leibe gerissen, so sehr hüpfte es, als wollte es aus seinem Mund springen. Er war sich sicher, dass er, hätte man ihm in diesem Augenblick den Mund zugehalten, gestorben wäre, weil er fühlte, dass die Luft die Durchgänge in seiner Kehle alle blockiert vorfand, durch diesen inneren Aufruhr, diesen heimlichen Stolz, sich Vater dieses hübschen, fröhlichen Mädchens mit den lebhaften Augen zu wissen, Blut von seinem Blut, das seine Intelligenz, seinen Scharfsinn und vielleicht auch sein Glück geerbt hatte, und das erste Mal in seinem Leben sei er dort und in diesem Augenblick stolz darauf gewesen, behaupten zu können, sich selbst und auch noch eine Tochter gemacht zu haben, die, das habe er damals beschlossen, seinen Namen und sein Vermögen erben sollte. Doch während ihm all diese Gedanken durch den benebelten Kopf schossen, hatte das Mädchen offenbar seine Verwirrung bemerkt und ihn angelächelt und ihm guten Tag gewünscht.

Er fühlte, wie ein Impuls, eine dämonische Kraft ihn zu ihr schob, und er wollte sie umarmen und sagen, Ich bin dein Vater, komm und umarme deinen Vater! Doch er beherrschte diesen Impuls und sagte nur, Bitte sehr!, und sie blieb vor ihm stehen, und mit noch zitternder Stimme gelang es ihm, nur zu fragen, ob sie die Tochter von Dona Chica sei. Immer noch lächelnd, antwortete das Mädchen, dass nicht sie es sei, wies dann auf eine andere, die auf sie zukam, und rief Graça! Graça! Komm mal her!, und Senhor Napumoceno lächelte das Mädchen an, das herbeigelaufen kam, dachte, dass ihn die Stimme des Blutes getäuscht hatte. Graça war höflich, doch zurückhaltend. Sie wusste von der Firma Araújo und der Rente ihrer Mutter, doch sie kannte den Besitzer nicht persönlich, obwohl die Mutter viel von Senhor Araújo sprach. Nun, sagte Senhor Napumoceno, ich hatte deiner Mutter gesagt, dass ich gern dein Pate geworden wäre, doch sie hat dich getauft, ohne mir etwas davon zu sagen. Richte ihr meine Grüße aus. Sie nickte mit dem Kopf, und Senhor Napumoceno sah dieses junge Mädchen an, das ihm fremd war, obwohl es seine Tochter war. Ich hoffe, wir treffen uns in Zukunft häufiger, fügte er hinzu, und sie lächelte, als sie diesen betagten Mann anschaute, der, als er sich von ihr verabschiedete, einen Kuss von ihr erbat.

Als sie diese Seiten las, erinnerte sich Graça an die Begegnung und daran, dass sie alle vier, nachdem der gute Mann in seinen Wagen gestiegen war, sich halb totgelacht und gemeint hatten, der muss verrückt sein. Doch während sie weiterlas, sah sie, dass es kein Zufall war, dass sie einander immer am Ende eines Schuljahres oder zur Zeit der Examen begegneten. Wie schön, dass ich mein Patenkind treffe, nun, was machen die Zeugnisnoten, die Examen usw., und dass er immer wie zufällig ein kleines Geschenk für sie dabeihatte.

Das erste Mal hatte sie ihrer Mutter von dieser Begegnung erzählt, doch die hatte mit einem Lächeln bestätigt, dass er ihr Pate hatte sein wollen und dass sie ihm vertrauen könne. Daher hatte sie nie daran gedacht, ihr auch von den anderen Begegnungen zu erzählen, und als sie das Gymnasium abgeschlossen und angefangen hatte zu arbeiten, begegneten sie einander nur sehr selten, weil sie darauf achtete, nicht die Wege einzuschlagen, die sie zu Senhor Napumoceno führen könnten, weil sie, seit sie 16 Jahre alt war, überzeugt davon war, dass der Alte ihr gegenüber unzüchtige Absichten hegte. Es war so gewesen, dass er entweder ihr Geburtstagsdatum wusste oder es herausbekommen hatte. Und an jenem Tag hatte Senhor Napumoceno wieder so getan, als träfe er sie zufällig, diesmal nicht wie üblich am Schulausgang, sondern auf dem freien Feld zwischen Sentina und Lombo de Tanque. Beide zeigten sich sehr verwundert über das Zusammentreffen, und Senhor Napumoceno bot sich an, sie nach Hause zu bringen. Sie lehnte das ab, sagte, das könnte leicht zu einer schlechten Gewohnheit werden, und er könnte sie schließlich ja nicht jeden Tag mitnehmen. Ganz im Gegenteil, hatte er geantwortet, ich kann dich durchaus jeden Tag mitnehmen. Es ist immer eine große Freude für mich, mit dir zusammen zu sein, und es kostet mich gar nichts, dich abzuholen und wieder nach Hause zu bringen. Sie lächelte noch über diese Worte, als er, als würde er sich plötzlich daran erinnern, sagte, Stimmt ja überhaupt, du wirst heute 16 Jahre alt. Das ist ein schönes Alter für ein schönes Mädchen wie dich. Die Jungen werden sich an dich heranmachen, aber du musst sie meiden, weil sie keine Zukunft haben, geschweige denn anderen eine bieten können, und letztlich wollen sie alle nur ihren Spaß haben. Doch du brauchst das nicht, denn zum Glück hast du jemanden, der dir hilft. Sie lächelte und fragte ihn, Wen denn, und er sagte sofort, Mich zum Beispiel. Ich habe dir ein Geburtstagsgeschenk mitgebracht, damit du dir etwas Hübsches kaufst, sagte er und hatte ihr einen Umschlag gereicht.

Noch heute fühlte Graça wie vor neun Jahren das Blut in ihr Gesicht steigen, wenn sie an diesen schmerzlichen Augenblick dachte. Denn angesichts des Umschlages hatte urplötzlich eine Wut auf den verschlagenen Alten ihren ganzen Körper erfasst, und sie hatte, so wie sie dort an den Wagenschlag gelehnt stand, mit den Fingern gegen die Hand geschnippt, die sich ihr entgegenstreckte. Für wen halten Sie sich eigentlich, dass Sie glauben, Sie könnten mich mit Geld kaufen, fragte sie wütend, und erst da bemerkte sie die entgeisterten Augen des Alten, die sie verständnislos anblicken, er will etwas sagen, doch sie lässt es nicht zu, weil ihr die Worte aus dem Munde strömen. Sie werden die Frauen, die Geld von den Männern nehmen, gewiss nur allzu gut kennen, doch weder ich noch irgendjemand sonst aus meiner Familie sind solche Leute, der Alte hebt beide Hände, und es gelingt ihm zu sagen, Warte, warte, es ist nicht, was du denkst, es ist reine Freundschaft, ohne irgendeinen Hintergedanken, doch sie redet weiter, heute weiß sie nicht mehr genau, welche Worte sie sagte, sie erinnert sich jedoch voller Scham daran, dass sie ihn einen tückischen Alten geschimpft hatte, der denkt, er könne die Leute mit Geld kaufen, aber nicht sie, sie sei nicht eine von denen, Gott sei Dank habe es ihr zu Hause nie an etwas gefehlt, doch Senhor Napumoceno hatte rote, fiebrige Augen, heute denkt sie, dass er weinte, er sagte nur, Es war nicht das, was du meinst, startet den Wagen durch und ließ sie auf der Straße stehen. Jetzt fragt sie sich, ob sie den Freundinnen damals erzählt hat, dass das alte Schwein ihr Geld angeboten hat. Sie erinnert sich daran, dass sie nicht den Mut gehabt hatte, es der Mutter zu erzählen, doch an jenem Abend, als sie zu dem Teil kam, an dem Senhor Araújo ihr 500$00 Escudos geschenkt hat, hatte sie ihren Kopf im Schoß der Mutter verborgen, um nicht die zweite Schande erleben zu müssen, zu erfahren, dass viele Jahre zuvor sie ihm gegenüber behauptet hatte, dass keine Frau aus ihrer Familie Geld von einem Mann annehme, ihre Mutter Geld von Senhor Napumoceno angenommen hatte.

Graça wunderte sich, dass Senhor Napumoceno diesen unangenehmen Augenblick schlicht und einfach vergessen hatte, und suchte unter den anderen Papieren danach, ob er diesen Zwischenfall aufgezeichnet hatte. Doch genau wie bei Adélia hatte er es vorgezogen, sich nicht daran zu erinnern, dass seine eigene Tochter ihn für einen Lüstling gehalten hatte. Denn sie fand nur noch mehr Blätter, auf denen Senhor Napumoceno von seinem Gesellschaftsleben sprach und von bestimmten Ambitionen, die er im Laufe der Jahre gehegt hatte. Er erwähnte wieder Dr. Sousa, der ihm die Augen für ein liebenswürdiges, indes oberflächliches São Vicente geöffnet hatte, mit leicht zu schließenden, aber vorübergehenden Gelegenheitsfreundschaften, als hätten die Leute darauf gesetzt, sich nicht beeinflussen oder binden zu lassen. Und seine eigene Erfahrung hatte ihn gelehrt, dass diese Insel die Menschen verändert, sie leichtfertig, beinahe gleichgültig, nur darauf bedacht macht, Geld zum Feiern zu verdienen, als wäre dies das einzig Wertvolle im Leben. Und er versuchte sich an einer Analyse, deren Grundthese folgende war: São Vicente ist eine Insel, die erst vor gar nicht langer Zeit von den Bewohnern der anderen Inseln besiedelt worden war, auf denen die Trockenheit, fehlende Arbeit und anderes Elend die Bevölkerung zur Emigration gezwungen hatten. Nun nehmen diese Menschen, wenn sie ihre Inseln verlassen, ihre starken, eigenen Traditionen und bereits verwurzelten Formen des Sich-auf-der-Welt-Bewegens mit, finden sich dann übergangslos in einer nicht nur wilden, sondern auch relativ feindseligen Landschaft wieder, in der sie, um zu überleben, gezwungen sind, verschiedene regionale Kulturen zu vermischen, was den Nachteil mit sich bringt, dass keine von ihnen in so ausreichendem Maße überwiegt, dass sie sich durchsetzen kann. Und genau dies ist es, was zusammen mit dem Fehlen einer überkommenen Verbundenheit mit der Scholle den Menschen von São Vicente zu einem leichtfertigen und wandelbaren Wesen macht, der nicht die gesunde aufrechte Haltung, nicht die Standfestigkeit eines auf Santo Antão oder Santiago Geborenen besitzt, wo die regionalen Gesellschaftswerte unberührt geblieben sind. Und es ist zweifellos interessant festzustellen, dass, sei es die physische, sei es spirituelle Widerstandskraft, die jenen Völkern eigen ist, verloren geht, wenn sie mit São Vicente in engen Kontakt kommen. Aus schweigsamen, nachdenklichen, ihre Worte abwägenden Menschen werden wortreiche Schwätzer, die ständig persönliche Bestätigung suchen. Doch als würde dies noch nicht genug sein, wurde die Bevölkerung, die diese Insel bewohnt, gleich zu Beginn der Bildung dessen, was eine regionale Kultur *sui generis* hätte werden können, dem Einfluss einer anderen Kultur, der englischen nämlich, unterworfen und von ihr beeinflusst, einer Kultur, die nicht nur mächtig, sondern auch streng und beherrschend ist und an der sich eben aus diesem Grunde die Bewohner der Insel orientieren, was aber nicht heißt, dass andere, wenn auch weniger bekannte Kulturformen auch ihren Einfluss haben. Die Folge davon ist, dass der Mensch von São Vicente von allen Bewohnern Cabo Verdes der am wenigsten authentische ist.

Maria da Graça lächelte, als sie diese Seiten las, dachte jedoch, dass der Alte irgendwie recht hatte und ganz intuitiv ein

Verhalten hatte benennen können, das noch eingehender betrachtet zu werden verdiente. Hatte er sich zu dieser geldgierigen Klasse gezählt, über die er so streng urteilte, oder fühlte er sich ihr nicht zugehörig, weil er sich für einen besonderen Fall hielt? Es hatte sie in der Tat schon gewundert, dass Senhor Napumoceno keine besonderen Freundschaften erwähnte, Dr. Sousa einmal ausgenommen, der ihn, wie er sagte, immer und sein ganzes Leben lang mit seiner Freundschaft und gesundem Rat geehrt und ausgezeichnet habe.

Als trüge er Sorge dafür, seine Tochter vor der Gesellschaft zu warnen, in der sie aus geschäftlichen Gründen täglichen Umgang haben würde, hatte Senhor Napumoceno in der Ledermappe ein umfangreiches Heft hinterlassen, das ausschließlich dem Grémio, dem Verein der Kaufmannschaft, gewidmet war und in dem seine Mitglieder mit besonderer Härte behandelt wurden. Er nannte den Grémio-Club eine Lasterhöhle, in der es, angefangen beim Glücksspiel bis hin zur Prostitution, alles gab. Angeblich das Zentrum der feinen Gesellschaft von Mindelo, sei es nichts weiter als eine Freistadt des Müßiggangs in Schlips und Kragen.

Nachdem er den schwerwiegendsten Fehler seines ganzen Lebens gemacht hatte, nämlich zuzustimmen, sich mit den Ramires' zu verbinden, war er eingeladen worden, Mitglied im Grémio zu werden, zweifellos durch den Einfluss jenes Haufens von Betrügern, die zwar einen der ältesten Namen unter der Kaufmannschaft besaßen und alte Mitbegründer des Clubs waren, jedoch, wie er leider viel zu spät erkennen musste, auch die säumigsten Schuldner in der Stadt. Er klagte sich im Übrigen selbst an, gutgläubig gewesen zu sein, obwohl die Grundregel eines guten Kaufmanns ist, nie an etwas außer Soll und Haben zu glauben. Doch er hatte einem Namen vertraut, gemeint, die Ramires' könnten den ehrenwerten Araújos mehr Glanz verleihen, um am Ende feststellen zu müssen, dass es außer dem wohlklingenden Namen nichts gab, nicht einmal das Geld, um den Gesellschaftsanteil von 150 000 einzuzahlen. Doch was ihn seitens der Ramires' am meisten gekränkt hatte, war, dass einer von ihnen so getan hatte, als hätte er die Absicht, ihm die Aufnahme in den Grémio-Club zu bezahlen, indem er ihm just, als sie über die dringende Notwendigkeit sprachen, den Anteil zu realisieren, anvertraute, dass er gerade dabei sei, die notwendigen Schritte zu seiner Aufnahme zu machen. Nun wurde ihm dies mit Schulterklopfen und breitem Lächeln gesagt, als sei es allgemein bekannt, dass er diese Weihen anstreben würde, wie andere hinter einem Orden herlaufen. Es stimmte schon, dass er, als er sich selbstständig gemacht hatte, durchaus wünschte, als Mitglied in den Grémio-Club aufgenommen zu werden. Denn letztlich war São Vicente eine von Kaufleuten beherrschte Stadt, der Grémio-Club deren Treffpunkt, und er, der bereits ein wohlhabender, expandierender Kaufmann war, sah nichts Schlechtes darin, zur Gruppe seinesgleichen zu gehören. Und er hatte in dieser Richtung einige verdeckte Versuche gemacht, keine formellen Anträge, nur die eine oder andere Anspielung gegenüber Mitgliedern der Vereinsgremien in der Art fallen lassen wie, Eines Tages werde ich gewiss einmal Ihr Refugium kennenlernen, es scheint ein fröhlicher Ort mit guter Gesellschaft zu sein, in São Vicente gibt es kaum etwas, wo man sich amüsieren kann, was die Röcke betrifft, da findet man schon was, doch meine Position, wissen Sie, erlaubt mir solche Abenteuer nicht mehr, ich ziehe friedlichere Orte vor, usw., doch in Wahrheit taten sie alle so, als verstünden sie das nicht, meinten nur, Jaja, der Grémio ist ein interessanter Ort, wie geschaffen für ein Gläschen, kommen Sie doch einmal vorbei, sagen Sie, Sie sind mein Gast, wo er doch hören wollte, Aber ja doch, Mann, Sie sind doch einer von uns, und der Grémio steht Ihnen offen, es ist wirklich eine Schande, dass Sie noch nicht Mitglied sind, ich werde Ihren Namen umgehend vorschlagen! Doch keiner dieser Mistkerle hatte es getan, und er hatte nie gewagt, selbst zu kandidieren, weil er wusste, dass viele Namen unter den Kaufleuten abgelehnt worden waren, und er hätte es ganz besonders ärgerlich gefunden, wenn ihm so etwas passiert wäre. Vor allem fand er die Form, in der neue Mitglieder aufgenommen wurden, abscheulich. Da wurde eine bestimmte Anzahl weißer und schwarzer Kugeln in einen Sack gesteckt, und der wurde in einen eigens dafür reservierten Raum gestellt. Die fünf Direktoren gingen jeder für sich in dieses Zimmer, nahmen eine Kugel und taten sie in einen anderen Sack. Und am Ende wurden die Kugeln gezählt. Drei weiße, zwei schwarze – angenommen. Drei schwarze, zwei weiße – abgelehnt. Nun würde er, Napumoceno, sich niemals einer solchen ärgerlichen Prozedur unterziehen, und daher mied er von da an die Mitglieder des Grémio, manchmal nannte er sie sogar einen Haufen Glücksspieler, von denen viele Angeber waren, die aber keinen roten Heller besaßen. Daher hatte er, als er durch den Einfluss der Ramires' eingeladen wurde, Mitglied zu werden, selbstbewusst mit einem Spruch Salomos abgelehnt: »Als ich aber ansah all meine Werke, die meine Hand getan hatte, und die Mühe, die ich gehabt hatte, siehe, da war es alles eitel und Haschen nach Wind und kein Gewinn unter der Sonne.« Maria da Graça gelang es nicht, diese Periode des Lebens ihres Vaters ganz zu erhellen, doch es schien ihn mit einer gewissen Bitterkeit erfüllt zu haben, dass sie ihn erst würdig für das Grémio befunden hatten, nachdem er sich mit den Ramires' zusammengeschlossen hatte, die ihm im Vergleich zu einem kraftvollen, aufrechten Araújo abgehalftert vorgekommen waren. Er bedurfte nicht der Protektion überheblicher Betrüger.

Doch Senhor Napumoceno hatte angesichts des Makels, nicht zur feinen Gesellschaft von Mindelo zu gehören, ganz allmählich jedes gesellschaftliche Zusammenleben durch die Lust am Lesen ersetzt. Er gestand im Übrigen, nicht genau zu wissen, wann er dem Leselaster anheimgefallen sei, denn es habe sich tatsächlich um ein wahres Laster gehandelt, eine Art beruhigendes Opium, dessen er sich bedient habe, um sich von der körperlichen und geistigen Müdigkeit und auch von den Ärgernissen des Tages oder der Aufregung über ein gutes Geschäft zu erholen. Manchmal passierte es, dass er im Liegestuhl einschlief und das Buch herunterfiel. Doch da er beschlossen hatte, dass er mindestens zwei Stunden pro Tag lesen musste, zog er sich, solange er dieses Soll nicht erfüllt hatte, nicht ins Bett zurück.

Und so rekonstruierte Maria da Graça Stückchen für Stückchen allmählich das Leben ihres Vaters. Sie kam sogar zum Schluss, dass er sich am Ende seines Lebens für die hinduistische Philosophie interessiert hatte, weil sie in seinen Texten Passagen gefunden hatte, in denen er den Vorteil, die Notwendigkeit und die Nützlichkeit der Konzentration auf uns selbst auf der Suche nach *dem* das Wort redete, was andere den Nirwana-Zustand nannten, er jedoch lieber einen friedvollen Zustand.

Doch er sprach auch über seine Tätigkeit als Stadtverordneter und von den Absichten, die ihn dazu getrieben hatten. Denn er wusste, dass man von ihm behauptete, ihn hätte die Eitelkeit, sich zu den Großen der Stadt zu zählen, dazu bewogen, wo er doch den Platz nur aus dem Wunsch heraus eingenommen hatte, einem Volk und einer Stadt zu dienen, die ihn aufgenommen hatten, damit er aus dem Elend kam, und aus der kindlichen Vorstellung, dass ein Stadtverordneter eine nützliche Rolle im Leben einer Gemeinde spielen könnte. Doch leider hatte er festgestellt, dass es sich nur um einen Ort handelte, wo man zustimmend die Hand hob, ein Stadtverordneter war nur eine Nummer, die applaudierte und Ja sagte. Sie waren alle unfähig, ein Problem anzusprechen oder eine Lösung aufzuzeigen. Und daher hatte er das Stadtverordnetenamt aufgegeben, um sich die theoretischen Werkzeuge für den Posten eines Vorsitzenden des Gemeinderates anzueignen. Er hatte sich die Mühe gemacht, die alten Gemeindetraditionen zu studieren, und war begeistert vom aus der Zeit der Römer herrührenden Begriff des Munizipiums, der Gemeinde. Senhor Napumoceno zufolge sollte der Vorsitzende des Gemeinderates nichts anderes sein als ein Delegierter des Volkes, ein Verteidiger der *civitas,* niemals aber ein Vertreter der Staatsmacht. So hatten es die weisen Römer verstanden, und so wollte er auch sein Amt als Vorsitzender gestalten: Wege öffnen, Landstraßen und Straßen in der Stadt pflastern, Reinhaltung der Stadt, polizeiliche Überwachung der Landstreicherei, Almosenausgabe an die Armen an festgelegten Tagen, Unterstützung bei Arbeitslosigkeit, Verschönerung der Stadt mit Statuen oder Büsten ihrer berühmtesten Söhne, das waren alles Dinge, die nur eine dem Volke zugewandte Gemeindevertretung tun konnte, war doch der Gemeindeverwalter damit beschäftigt, die Weisungen der Regierung umzusetzen. Und über dieses Thema hatte Senhor Napumoceno Berge von Seiten hinterlassen, vor allem über die Macht der Gemeinde in Amerika, diesem wunderbaren Land, in dem nichts ewig ist, was nicht gebraucht wird, wird sofort durch etwas Wirksameres ersetzt. Er war besonders begeistert von der Tatsache gewesen, dass in vielen Gemeindeorganisationen der Vorsitzende ein einfacher Geschäftsführer war, der von irgendeinem Unternehmen ausgewählt und bezahlt wurde, um Gewinne aus den Gütern des Gemeinwesens zu erwirtschaften, und wie der Geschäftsführer irgendeines Unternehmens wurde er entlassen und durch jemand Kompetenteren ersetzt, wenn er seiner Aufgabe nicht gewachsen war ...

Tag für Tag war Maria da Graça wieder erstaunt über die Persönlichkeit des Vaters, die sie durch ihre Lektüre erschuf; und sogar Senhor Américo Fonseca musste schließlich anerkennen und eingestehen, dass er viele Dinge nicht über den gewusst hatte, den er stets für seinen engsten Freund gehalten hatte. Denn weil er darauf aus war, ein Stück vom Kuchen abzubekommen, hatte er sich öffentlich zum Testamentsvollstrecker des Verstorbenen erklärt, zum getreuen Erfüller dessen letzter Wünsche, zum gestrengen Umsetzer all seiner Anweisungen, während er sich privat bei Graça immer nur als einen guten Freund der Familie bezeichnet hatte, als Ad-hoc-Sekretär der ebenso schönen wie glücklichen Erbin. Selig sind die, die auch der Nachkommenschaft ihrer verstorbenen Freunde in ihrem Herz einen Platz geben. Doch er musste seine Begeisterungsausbrüche angesichts der sehr sanften, aber dennoch bestimmten Anweisungen von Graça bremsen, sich nicht zu übereilen, vieles sei vorher noch zu erledigen, zuerst einmal solle sich Senhor Fonseca doch darum kümmern, den Aufenthaltsort der verschiedenen Legatsempfänger herauszufinden, vor allem könnte er sich ein bisschen mehr bei der Suche nach Adélia engagieren. Und wenn Senhor Fonseca am Abend zurückkam, um Rechenschaft abzulegen, müde, weil er Monte, Chá de Cemitério und Monte Sossego abgelaufen und einmal sogar Craquinha durchkämmt hatte, sagte Graça ihm nur, ohne von den Papieren aufzublicken, Nicht aufgeben, weitersuchen, sie kann doch nicht vom Erdboden verschwunden sein. Doch niemand fand je eine Spur von Adélia, weder Senhor Fonseca in den Straßen noch Graça in den Papieren.

9

Weil sie über die ständigen Misserfolge Senhor Fonsecas verzweifelt war, nahm es schließlich Maria da Graça auf sich, Adélia zu finden, und machte sich so beherzt an ihre Aufgabe, dass sie am Ende des ersten und einzigen Tages, den sie einer beharrlichen Suche widmete, ihre schmerzenden, mit Blasen übersäten Füße in lauwarmes Wasser stecken musste. Sie hatte beschlossen, den Weg zu überprüfen, den Senhor Fonseca gegangen war, und ging ihn noch einmal Schritt für Schritt nach, bis sie zu der Adélia in Chã de Cemitério gelangte, die erklärte, überhaupt nicht zu wissen, weshalb sich alle so sehr darum bemühten, eine Person zu finden, um ihr ein Buch zu übergeben. Und unter lautem Gelächter aus ihrem zahnlosen Mund sagte sie, wenn sie so alt wäre wie Graça und so ein hübsches Gesicht hätte, dann würde sie gewiss um diese Tageszeit zu Hause sein, um die Gesellschaft eines Mannes zu genießen, anstatt in dieser Sonne eine Verstorbene zu suchen. Graça lächelte ebenfalls und fragte sie, wieso sie wisse, dass Adélia eine Verstorbene sei, wo sie sie doch gar nicht kenne. Wenn sie niemand hier kennt, dann heißt das, dass sie schon gestorben ist, antwortete sie und sagte, dass sie, als sie jung war, einmal dünn gewesen sei und schmale, eng stehende Augen gehabt habe, doch selbst wenn sie Senhor Napumoceno gekannt hätte, wäre es gewiss kein Buch, was er ihr hinterlassen würde.

Graça hatte ihre Füße noch im lauwarmen Wasser, da fiel ihr ein, dass noch niemand auf den Gedanken gekommen war, Dona Eduarda zu fragen, ob sie nicht zufällig irgendetwas wisse, was zu Adélia führen könnte. Und daher rief sie nach ihr, und als Dona Eduarda lächelnd in der Tür erschien und fragte, ob das junge Fräulein etwas brauche, sagte Graça ebenfalls lächelnd, dass sie wissen müsse, wer Adélia gewesen sei, weil sie ihr ein Geschenk geben wolle, das Dona Eduardas Chef ihr hinterlassen habe. Doch weder kannte Dona Eduarda eine Adélia, noch hatte sie je von einer gehört, die Senhor Napumoceno kannte. Allerdings erinnere sie sich, wenn sie genau nachdachte, daran, dass sie einmal ein Stück Papier auf dem Fußboden gefunden habe, auf dem dieser Name geschrieben stand, doch er war so viele Male darauf geschrieben, mal in großen, mal in kleinen Buchstaben, von oben bis unten auf dem Papier, dass sie dachte, der Verstorbene hätte einen Federhalter ausprobiert, zumal das Papier an vielen Stellen von der Spitze der Feder zerrissen war. Und da nur dieser Name darauf gestanden habe und nichts weiter und sie niemanden kannte, der so hieß, habe sie das Papier in den Müll geworfen, es schien zu nichts mehr nütze zu sein.

Zu guter Letzt horchte Graça ihre Mutter aus, ob es andere Frauen im Leben von Senhor Napumoceno gegeben habe. Dona Chica hatte sich trotzig geweigert, nach Alto Mira-Mar zu ziehen, kein Argument der Tochter hatte sie überzeugen können. Ihr war bewusst, dass nur körperliche Dinge sie mit dem Vater ihrer Tochter verbanden, es war nur ein Mangel gestillt worden, obwohl es wahr ist, dass niemand sagen kann, welches Kind aus Liebe, welches nur aus körperlichem Überschwang gemacht wurde, denn alle werden auf die gleiche Art und Weise gemacht. Einstweilen weigerte sie sich, Lombo do Tanque zu verlassen, indem sie als Hauptargument anführte, dass sie in Alto Mira-Mar niemanden kenne, der ihr Luft zufächeln und ihr Zuckerwasser geben könne, wenn sie noch einmal in Ohnmacht fallen würde. Graça akzeptierte zunächst die Gründe der Mutter, pendelte jedoch zwischen Alto Mira-Mar und Lombo do Tanque, weil Dona Chica dem Umzug der Tochter nur unter der Bedingung zugestimmt hatte, dass diese sie jeden Tag besuchen kam. Als Graça im Haus der Mutter angelangt war, klagte sie, dass sie erschöpft sei, weil sie die ganze Stadt von einem Ende zum anderen nach einer Adélia abgesucht habe, die niemand zu kennen schien. Dona Chica reagierte auf den Namen nicht, es schien Graça so, als sei er ihr gänzlich unbekannt, und deshalb fragte sie sie beinahe unvermittelt, ob sie vorher oder nachher von anderen Frauen in seinem Leben erfahren hatte. Nein, niemals!, antwortete Dona Chica so prompt und heftig mit aufgerissenen Augen, als erwartete sie eine schmerzliche Enthüllung, dass Graça fast instinktiv begriff, dass sie dieser faltigen und schon rundlich gewordenen Alten einen Schock versetzt hatte, denn sie hatte sich letztlich als einzige Frau im Leben Senhor Napumocenos gesehen, und ihr tat die Mutter leid, als sie sah, dass eine Frau im Grunde genommen in allen Lebensaltern dieselbe bleibt, und indem sie sie umarmte, fragte sie sie lächelnd, Mutter, mochtest du ihn?, und sie war überrascht über das Feuer, das sie in jenen erloschenen Augen glimmen sah. Vom ersten Tag an mochte ich ihn, weil er ein vornehmer und höflicher und liebenswerter Mann war. Ich glaube, niemand von uns erwartete damals, dass die Dinge so passieren würden, wie sie passiert sind, doch die Wahrheit ist, dass sie passiert sind, weil ich es wollte. Aber weder vorher noch nachher hat er andere Frauen gehabt.

Graça wagte nicht, ihrer Mutter zu widersprechen, warum sollte sie diese Illusion zerstören? Sie fragte sie nur, ob er noch andere Dienstboten gehabt habe, nachdem sie weggegangen sei, und Dona Chica antwortete, dass sie von mehreren wisse, doch immer nur für kurze Zeit, bis er Dona Eduarda ausfindig gemacht habe. Graça erklärte dann der Mutter, dass er Geschenke für bestimmte Personen hinterlassen habe, darunter auch für eine gewisse Adélia, die Senhor Fonseca einfach nicht hatte finden können. Doch wieder ließ der Name Adélia Dona Chica nicht aufhorchen. Adélia? Nein, die kenne sie nicht, sie wisse nicht, wer das sei. Vielleicht eine Freundin aus der Kindheit ...

Daraufhin beschloss Maria da Graça, Carlos aufzusuchen. Sie hatten sich einmal in Senhor Fonsecas Anwesenheit getroffen, doch das war ein sehr förmliches Treffen gewesen, nur eine einfache Übergabe von Sachen, obwohl er sich am Ende sehr sympathisch gezeigt hatte. Wenn Sie irgendetwas wissen wollen, rufen Sie mich, ich stehe zu Ihren Diensten, im Grunde, tief innen, mochte ich den Alten, nur war er boshaft und ein bisschen verrückt. Vor allem im Alter. Dieses Testament von 387 Seiten, zum Beispiel! Wie zum Teufel kommt man auf so was! Graça lächelte, legte eine Hand auf Carlos' Arm: Ich weiß schon, weshalb er dich enterbt hat! Er hat noch andere Papiere in einer Ledermappe hinterlassen. Ich habe ihm einen Streich gespielt, hatte er da gesagt. Ehrlich, es war nur ein Streich, und ich wäre nie darauf gekommen, dass er darauf so reagieren würde, vor allem weil er wusste, dass es genau das war, was man über ihn sagte. Aber ich wollte ihm wirklich nur eins auswischen, weil er nichts tat und mich auch nicht arbeiten ließ, ständig mit seinen kleinen Apparaten beschäftigt war, Treten Sie ein, Warten sie, Bin beschäftigt! Graça lächelte, als sie Carlos zuhörte, und sie verabschiedeten sich beinahe als Freunde, obwohl Carlos wegen des Gemäuers in Mato Inglês, das er geerbt hatte, immer noch verschnupft war. Doch es war ihm wichtig, Graça klarzumachen, Glaub bitte nicht, ich hätte mich vorgedrängt, damals bin ich nicht aus eigenem Antrieb gekommen. Ich wurde gerufen! Natürlich wäre ich gekommen, sobald ich es erfahren hätte, das ist wahr, vor allem weil ich immer hoffte, er würde einsehen, dass das wirklich nur ein Streich war. Doch ich war schon im Büro, als Dona Eduarda mich anrief, Senhor Carlinhos … So nennt sie mich! Senhor Carlinhos, es ist etwas Furchtbares passiert! Was, was ist passiert? Senhor Araújo, der Arme!, und ich hörte sie weinen und ließ den Hörer los und rannte hinaus, zufällig kam gerade ein Taxi vorbei, deshalb war ich gleich da, sagte dem Chauffeur, er solle warten, doch der Onkel war bereits kalt. Ich sah gleich, dass er in den frühen Morgenstunden gestorben war. Allein in diesem riesigen Haus sterben, hatte Carlos am Ende gesagt, und Graça hatte gehört, wie seine Stimme ihm vor Kummer versagte, doch es war nur ein Augenblick gewesen, er hatte sich schnell wieder gefangen und seine normale Haltung wiedererlangt.

Als Senhor Fonseca, das Testament in der Hand, vom Notar zurückgekommen war, hatte er dem Namen von Maria da Graça den Nachnamen Araújo hinzugefügt. Graça bat ihn, mit Carlos in Kontakt zu treten, weil sie ihn sprechen müsse. Dienstbeflissen wie immer, hatte Senhor Fonseca gesagt, er werde übermitteln, dass das junge Fräulein Graça Araújo Senhor Carlos Araújo bäte, so freundlich zu sein, mit ihr zu sprechen. Jetzt müssen Sie den Namen üben, sagte er. Es ist ein schöner Name, und er passt gut zu Ihnen. Graça versprach, zu Hause etwas zu üben. Senhor Fonseca übernahm alle Angelegenheiten, die mit dem Erbe zu tun hatten, und er erledigte alles vorzüglich, bis auf die Sache mit Adélia, von der niemand eine Spur fand, geschweige denn ihre Person. Er ging sogar so weit, zu vermuten, dass der Verstorbene sich beim

Namen geirrt haben könnte. Doch Graça wies diesen Gedanken weit von sich, sagte, dass es Namen gebe, die man nicht vergäße und noch viel weniger mit anderen verwechselte. Und da stimmte er ihr gleich zu und nahm die Gelegenheit wahr, ihr zu sagen, dass er nicht ungebührlich erscheinen wolle, er wisse, dass Graça nichts von ihrer Erbschaft verkaufen müsse, zum Glück gebe ihr das, was sie besitze, genug, um davon in Frieden zu leben, doch er, Américo, habe immer ein Häuschen geliebt, das der Verstorbene in der Gegend von Matiota gehabt habe, und daher würde er, falls es möglich wäre, dem jungen Fräulein Graça dieses gern abkaufen, sofern sie keine andere Verwendung dafür hätte. Graça lächelte. Wenn alles vorbei ist, werden wir sehen, was sich da machen lässt, sagte sie, und Senhor Fonseca machte sich glücklich auf, um Carlos zu holen.

Carlos kam nachmittags nach sechs Uhr, wirkte feierlich und distanziert. Graça begrüßte ihn indes mit zwei Küssen, nannte ihn Mein Vetter und schob ihn ins Wohnzimmer. Ich habe es etwas eilig, sagte sie ernst, ich bin ziemlich in Nöten und brauche deine Hilfe. Er bot sich sofort an, Du weißt doch, ich bin da, wenn ich dir helfen kann. Er setzte sich, und sie lächelte ihn an, Ich wusste, dass ich auf dich zählen kann. Dieser Herr, den ich immer noch nicht Vater nennen kann, scheint Musik sehr geliebt zu haben, er hatte allerdings nur ein Trichtergrammofon, das ich nicht bedienen kann. Carlos lächelte, ich hatte solche Mühe, ihm seinen Letzten Willen zu erfüllen. Ich weiß nicht, ob ich dir erzählt habe, dass der Brief auf dem Schreibtisch lag, verschlossen, doch ohne Absender. Ich öffnete ihn, und da stand nur: Ich möchte vom Trauermarsch von Beethoven begleitet werden. Anfangs habe ich mir keine Sorgen gemacht, ich dachte, dass der allgemein bekannt wäre. Aber dann ... Du hast keine Ahnung, welch

Glück du gehabt hast, erst hinterher seine Tochter zu sein! Ist noch niemand gekommen, um dir sein Beileid auszusprechen? Bislang nur Senhor Fonseca, antwortete Graça lachend. Aber das war eine Mischung aus Beileid und Glückwünschen. Aber jetzt möchte ich gern etwas wissen, oder besser: Weißt du etwas über eine gewisse Adélia? Adélia?, wunderte sich Carlos. Ich weiß nicht, ob ich überhaupt jemanden kenne, der so heißt. Wer soll das sein? Adélia, sagte Graça sehr ernst, ist eine Person, die einmal die große Leidenschaft des guten Mannes gewesen ist … Der gute Mann, nein, der Arme. Aber ich kann noch immer nicht an ihn als meinen Vater denken. Du wirst dich daran gewöhnen, lächelte Carlos. Mir ist es immer gezwungen vorgekommen, wenn jemand einen Mann Vater nennt, den er erst als Erwachsener kennengelernt hat. Aber du wirst dich daran gewöhnen. Einstweilen nennst du ihn einfach den Verstorbenen … Adélia! … Aber ja doch! Natürlich weiß ich, wer das ist. Ich und alle andern auch, selbstverständlich. Was bleibt denn schon in São Vicente geheim! Wie das mit dir, übrigens! Man wusste schon lange, dass er eine Tochter hatte, oder besser gesagt, dass du seine Tochter warst. Doch da du nicht anerkannt warst, sagte man das nur hinter vorgehaltener Hand. Als er anfing, dich am Gymnasium zu sehen, wurde viel darüber geredet, dass er dich anerkennen wollte, dass dein Adoptivvater dich aber schon anerkannt hatte. Du siehst also, dass es für niemanden eine Überraschung war. Und er dachte, er würde alle überraschen, sagte Graça. Diese Geschichte mit dem Anerkennen ist allerdings nicht wahr. Ja, aber es gibt immer ein Tüpfelchen Wahrheit. Das ist wie bei der Geschichte mit Adélia. Er dachte, er würde alle überraschen, dabei war öffentlich bekannt, dass er sie sogar heiraten wollte. Er hat allen leidgetan, ein so vernünftiger, so umsichtiger Mann, der seinen Kopf für ein

Mädchen verloren hatte, das nicht einmal schön war. Denn sie war mager, knochig, und ich erinnere mich daran, dass sie Augen hatte, die immer erschrocken wirkten. Du weißt ja, wie das ist: Es gibt Leute, die reißen die Augen auf, wenn sie einen Schreck bekommen. Damals habe ich jede Menge Kommentare gehört. Dass er hin und weg war, das Mädchen sogar heiraten wollte. Doch sie hatte einen Mann im Ausland, und er kam zurück, und sie haben ihm so allerlei erzählt. Offenbar wollte er sie im Wagen abholen und sie nach Ribeira de Julião mitnehmen. Sie muss damals etwa 22 Jahre alt gewesen sein, er war beinahe 60 oder noch älter. Doch er benahm sich wie ein kleiner Junge. Er wurde eine ganze Zeit lang zu einem fröhlichen Mann, etwas, was er vorher nie gewesen war. Ich ging häufig zu ihm ins Büro und sah, wie er lächelte und sogar pfiff. Er war zweifellos glücklich. Ich glaube, er dachte, niemand wisse etwas, dabei erzählte man sich sogar, er sei, wenn er mit dem Wagen vorbeikam, noch schneller gefahren, damit die Leute nicht erkannten, wer dort drinnen saß. Aber du weißt ja, wie das hier ist: Kaum lässt einer einen Furz, dann riechen es alle! Daher gab es, als ihr Mann kam, einen dermaßenen Skandal, dass er nach São Nicolau flüchten musste. Denn alle wussten, dass der Typ ihn zu einem Kampf auf der Straße herausfordern wollte, usw. Er hatte seit mehr als 30 Jahren keinen Fuß auf São Nicolau gesetzt. Doch damals hatte er eilig die Segel gesetzt, um dem Sturm zu entkommen. Man erzählt sich sogar witzige Sachen darüber. Zum Beispiel erzählten die Leute, dass der junge Mann, als er von den Ausfahrten erfuhr, nicht einmal mit seiner Adélia darüber sprechen wollte, sondern sofort loszog, um den Onkel aufzusuchen. Er traf ihn nicht an und rief deshalb Adélia ins Zimmer und sagte mehr oder weniger Folgendes zu ihr: Adélia, ich weiß von deinen Ausfahrten mit jenem Senhor Araújo.

Sag mir, was ihr beide zusammen gemacht habt. Sie antwortete: Die Person, die es dir erzählt hat, ist die geeignetste, dir zu erzählen, was wir beide zusammen gemacht haben. Es heißt, ihr habt zusammen geschlafen. Das ist eine gewaltige Lüge. Wir haben nie zusammen geschlafen. Aber du bist doch im Wagen mit ihm ausgefahren? Ja, das stimmt, aber geschlafen haben wir nie zusammen! Aber was habt ihr dann zusammen gemacht, schrie der junge Mann, und sie antwortete ihm: Alles, was man in wachem Zustand macht! Graça lachte und fragte, ob er sie als Paar gekannt habe. Nein, er habe sie nie zusammen gesehen. Der Alte sei ein vorsichtiger, seine Privatsphäre eifersüchtig wahrender Mann gewesen. Er sei sogar davon überzeugt gewesen, dass er, Carlos, erst Jahre, nachdem die Geschichte passiert war, von ihr erfahren habe. Ja, aber er hat sie ganz anders erzählt, sagte Graça. Er sagt zum Beispiel nicht, dass er vor Angst nach São Nicolau gegangen sei. Er sagt, er sei auf der Suche nach Frieden dorthin gefahren. Außerdem lässt er durchblicken, dass es hart für ihn war, Adélia zu verlieren. Davon weiß ich nichts, sagte Carlos. Ich weiß nur, was man sich erzählt hat. Außerdem ist der junge Mann offenbar weggegangen, und man hat niemals mehr über Adélia und den Alten gesprochen. Wahrscheinlich hat ihn der Schreck geheilt, lachte er. Doch es scheint auch, dass er darüber seine Fröhlichkeit verloren hat. Ich erinnere mich daran, dass er, als ich ihn kennenlernte, damals war ich noch ein kleiner Junge, ein gutmütiger Mann gewesen war, der gern mit mir scherzte. Doch alle sagen, dass er plötzlich schwermütig und schweigsam wurde, kaum mehr lächelte und häufig herumlief, als sei er nicht ganz da. Tatsache ist, dass sein Charakter sich vollkommen gewandelt hat. Sogar die Art, sich zu kleiden. Du kennst ja die lächerliche Geschichte mit dem Anzug. Ich kann mich hingegen noch daran erinnern, wie er ein Stutzer war, immer gut angezogen, mit gutem Schuhwerk und ordentlich gekämmt. Ganz allmählich vernachlässigte er sich, bis es so weit mit ihm kam, dass er keine Totenkleidung hatte. Weißt du, warum, begann Graça, doch Carlos schnitt ihr das Wort ab und meinte, dass diese Rechtfertigung ein Verrückter vorgebracht habe. Bei allem, was recht ist, aber hat man je davon gehört, dass man einen Anzug in der Speisekammer aufbewahrt? Dann lass uns wieder zu unserer Adélia zurückkehren, bat Graça. Über sie muss ich etwas erfahren. Du hast gesagt, sie sei hässlich gewesen, doch sicher ist, dass unser Mann sie mochte und ihr sogar ein Buch hinterließ, vielleicht als Erinnerung. *Só* von António Nobre. Na, so was!, rief Carlos lauthals lachend aus. Wer weiß, ob sie überhaupt lesen kann. Die Wahrheit ist jedoch, dass man nie wieder von ihr gehört hat. Der junge Mann ist weggegangen, und ich erinnere mich daran, dass ich sie einige Zeit später gesehen habe und sie trächtig war. Du meinst schwanger, korrigierte ihn Graça. Ja, schwanger. Danach habe ich sie nie wiedergesehen. Das ist zu schade, klagte Graça. Ich hätte sie gerne kennengelernt, um zu wissen, wie die Frau war, die in dem Alten eine so große Leidenschaft entfacht hat. Sicher ist, sagte Carlos lachend, dass du, wenn du sie 20 Jahre danach sehen würdest, nicht verstehen würdest, wie es hat möglich sein können, dass er sich in die dicke, hässliche Frau hat verlieben können, die du heute antreffen würdest. Denn das armselige Leben und die Kinder machen unsere Frauen kaputt, und mit 50 Jahren sind sie nur noch alte, hässliche Weiber. Adélia könnte durchaus eine von den Leuten sein, die davon leben, dass sie, um Almosen bettelnd, von Tür zu Tür gehen. Denn sonst gibt es keine Erklärung dafür, dass niemand etwas über sie weiß. Geduld, lächelte Graça. Lass uns weiter warten, bis wir eine Erklärung finden. Doch sag mir noch etwas anderes: Würdest du gern das alte Haus in Mato Inglês gegen das Haus in Matiota eintauschen? Carlos sah sie an und sagte lächelnd, er würde es vorziehen, wenn sie ihm ein Glas zu trinken anbieten würde. Graça erhob sich und holte etwas, während Carlos sagte, dass der Alte immer einen guten alten Zuckerrohrschnaps aus Santo Antão gehabt habe. Senhor Napumoceno selbst habe ihn in Eichenfässern altern lassen. Vier Jahre, stell dir das vor! Er sieht dann aus wie Öl. Seit er mich für erwachsen hielt, hat er mich manchmal damit beehrt, etwas davon trinken zu dürfen.

Während sie die Gläser füllte, wollte Graça wissen, weshalb Carlos diesen Tausch nicht annehmen wolle, sollte er das alte Haus etwa nicht brauchen? Schlicht und einfach, weil der Alte dies nicht so gewollt habe, antwortete Carlos lächelnd, und außerdem könnte es passieren, dass er, über den Tausch verärgert, nachts kommt und mich an den Füßen zieht. Außerdem, fügte er ernster hinzu, wissen doch schon alle, dass das Haus in Matiota Senhor Fonseca gehören wird. Wieso Senhor Fonseca? Nun ja, Carlos nippte an seinem Glas, ganz São Vicente weiß, dass Senhor Fonseca wegen des Hauses in Matiota dein Laufbursche ist. Aber er hat mich doch kürzlich erst darauf angesprochen, ihm dieses Haus zu verkaufen, und ich habe es ihm nicht einmal zugesagt, weil ich an dich dachte. Denn in Wahrheit hat er nie Interesse an irgendetwas gezeigt. Carlos trank weiter seinen Zuckerrohrschnaps. Dann sagte er, vielleicht hat ja Senhor Fonseca mit niemandem über das Haus gesprochen. Doch die Leute von São Vicente sind nun einmal so: Sie erraten die Gedanken der Menschen. Man hat den Gedanken noch nicht einmal zu Ende gedacht, und sie wissen es bereits. Häufig hört man Dinge über einen selbst, an die man nie zuvor gedacht hatte und die letztlich so geschehen. Jedenfalls kommt er gut dabei weg, denn das Haus ist prima. Erinnerst du dich an das Testament? Solange mein Hab und Gut nicht endgültig an meine Tochter Maria da Graça fällt, wird meine Hausangestellte, Dona Eduarda, zweimal in der Woche, dienstags und freitags, nach Matiota gehen und das Haus putzen und lüften. Graça lachte, als Carlos diese Passage aus dem Testament zitierte. Und dann schwiegen sie eine Weile, während sie an die Genauigkeit dachte, die der Alte bei der Verfügung über die Dinge nach seinem Tode hatte walten lassen: Jeden Samstag wird der Betrag von 100$00 an die Armen verteilt, die an meine Haustür klopfen, und zwar in Almosen zu je 1$00 und 2$50. Sollte etwas übrig bleiben, so soll dieses an den restlichen Wochentagen verteilt werden; an jedem 30. eines Monats wird Maria da Graça den Betrag von 300$00 an die Personen in São Nicolau schicken, die in dem beiliegenden Zusatz aufgeführt sind. Dieser Betrag soll als Postanweisung übersandt werden, da dies die schnellste und sicherste Art der Überweisung ist; nicht vergessen, hin und wieder meine *Olivetti*-Schreibmaschine zu ölen. Es ist eine ausgezeichnete Maschine, und wenn sie gut gepflegt wird, kann sie noch viele Jahre gute Dienste leisten; ich wünsche, dass mein Grab von einer einfachen Marmorplatte bedeckt wird, auf der nur geschrieben stehen soll: Napumoceno da Silva Araújo, 1898–19..., er lebte und starb in Würde. Ich werde in Bezug auf die Musik bei meiner Beerdigung gesonderte Anweisungen geben ... Carlos, bat Graça unvermittelt, erzähl mir etwas über ihn. Was für ein Mann war er? Carlos sah sie an, doch er schwieg eine geraume Weile. Ehrlich gesagt, weiß ich nicht, was ich dir sagen soll, sagte er schließlich. Ich glaube, ich habe nie darüber nachgedacht. Aber in diesem Augenblick glaube ich, dass er vor allem ein Mann war, den die Dinge eingeholt haben. Er ging barfuß in São Vicente von Bord, und er kaufte sich nicht nur Schuhe, er wurde auch reich. Und ich glaube, dass er selbst niemals wusste, warum und weshalb, obwohl es stimmt, dass er intelligent war und ein Heidenglück hatte. Wahrscheinlich fürchtete er ständig, wieder der Napumoceno aus São Nicolau zu werden. Und daher war er so ängstlich, so misstrauisch und leicht zu kränken. Carlos, fragte Graça abermals, hatte er dich sehr gern? Carlos lächelte. Anfangs glaubte ich, dass er mich nicht sehr gernhatte, vielleicht weil ich ihn nicht sehr gernhatte. Doch dann, als ich ins Gymnasium ging und nichts auf die Reihe bekam, da war der Teufel los. Vorher hatte er mich überall mit hingenommen, mein Neffe hier, mein Neffe da. Aber er war äußerst anspruchsvoll, er wollte, stell dir das vor, dass ich der beste Schüler des Gymnasiums war, die besten Noten hatte. Er sagte, ich müsse ein Mann werden, und nur die Bücher, die Schule würden einen Mann aus einem machen. Dann verlor er das Interesse an mir, ließ mich fallen und nannte mich nur noch Junge. Komm her, Junge! Du willst ein Esel bleiben, nicht wahr? Dann besorge ich dir eben einen Packsattel! Das war, wenn er mich nach meinen Noten fragte. Als ich das letzte Mal durchfiel, sagte er nur: Was soll's, man kann einen Esel zum Brunnen führen, aber man kann ihn nicht zwingen zu trinken. Also wirst du in Zukunft arbeiten, dein Brot im Schweiße deines Angesichtes verdienen. Und er kümmerte sich um eine Arbeit für mich. Doch später änderte er sich wieder, denn einmal, es waren einige Jahre seit der Schulzeit vergangen, stellte er mich Dr. Sousa vor, seinem alten Freund, ich weiß nicht, ob du das weißt, und er stellte mich ihm als seinen Neffen vor, so hatte er mich schon lange nicht mehr genannt. Und dann hat es jenes Weihnachtsfest gegeben, bei dem nur wir vier mit chinesischem Porzellan und Kristallgläsern zusammensaßen, und am Ende der Feier klopfte er mir auf die Schulter und sagte, dass ich mich gut betragen hätte, dass er zufrieden mit mir sei. Anfang des darauffolgenden Jahres begann ich, in der Araújo, Lda., zu arbeiten.

Graça hörte Carlos zerstreut zu, und als er sein Glas ausgetrunken und sich erhoben hatte, um hinauszugehen, sagte sie zu ihm, An einem der nächsten Wochenenden werden wir beide zusammen Adélia suchen, und er nickte und brach auf. Graça blieb sitzen und dachte darüber nach, wie sie es anstellen könnte, herauszubekommen, ob die Adélia, die sie getroffen hatte, nicht die Adélia ihres Vaters war, doch Dona Eduarda unterbrach ihre Grübelei und fragte, ob sie etwas brauche. Und nachdem Graça gesagt hatte, sie brauche nichts, alles sei in Ordnung, packte sie die Gelegenheit beim Schopfe, um zu fragen, wie denn alles so liefe. Dona Eduarda wusste, dass ihr im Testament eine bestimmte Summe vermacht war, und hatte sie schon wissen lassen, dass sie, wenn es möglich wäre, am liebsten alles auf einmal bekommen würde. Sie wollte in den letzten Jahren ihres Alters Hühner halten. Hühner zu haben sei schon immer ihr Traum gewesen, und ihr größter Wunsch sei es, einen kleinen Garten zu besitzen, in dem sie ihre Tierchen halten könnte. Nichts macht mir mehr Freude, als von einem Hahn geweckt zu werden, hatte sie arglos lächelnd gesagt. Und auch, um frische Eier im Haus zu haben. Senhor Araújo liebte gekochte Eier. Am liebsten mochte er übrigens Gurken und gekochte Eier. Sie, Eduarda, habe ihm immer gesagt: Senhor Araújo, hören Sie, zu viele Eier sind ungesund und Gurken schwer verdaulich. Doch er habe geantwortet: Es gibt kein schwer verdauliches Essen, gute Frau! Schwer verdaulich sind die Menschen, vor allem die Frauen. Eines Tages bin ich böse geworden und habe zu Senhor Araújo gesagt, entschuldigen Sie bitte meine Unbotmäßigkeit, aber ich bin auch eine Frau. Doch er lächelte, sagte,

Sie, Eduarda, sind keine Frau, Sie sind eine jüngere Mutter, die ich gefunden habe. Doch sorgen Sie sich nicht, Sie werden nicht leer ausgehen. Ich habe Sie bereits in meinem Testament bedacht. Ich sagte nichts, und er fragte, ob ich darüber nicht glücklich sei, da sagte ich ihm, ich hätte nicht verstanden, was er gesagt habe. Er erklärte mir, dass mein Name in seinem Testament unter den Erben aufgeführt sei. Großgütiger Gott, Sie sagen da vielleicht ein paar Sachen! Gott wird Ihnen Leben und Gesundheit geben, um das zu genießen, was Ihnen gehört, doch er sagte, Nein, Eduarda, ich fühle mich schon alt und von innen ganz kaputt. Er erhob sich aus dem Liegestuhl und machte ein paar Schritte durch das Wohnzimmer, doch dann setzte er sich wieder, und da sagte ich ihm, Das kommt von der Gurke, von der Gurke und den Eiern, von denen Sie zu viel essen! Doch er sagte, Von wegen die Gurken, das ist das Alter, das Alter verschont keinen. Er lebte noch ein paar Jahre, doch immer kränkelnd, mal war es dies, mal war es das, er klagte über Rheumatismus, am Ende seiner Tage musste ich ihm fast täglich die Beine mit Rizinusöl einreiben, am Knie, er mochte keine Arzneien aus der Apotheke, sagte, als er jung war, habe er genug davon genommen. Aber einmal hatte er eine beginnende Lungenentzündung, ich musste den Arzt ins Haus rufen, der gab ihm irgendwelche Medikamente mit merkwürdigen Namen, irgendetwas wie boto ... Antibiotika? ... Ja, das könnte es gewesen sein, doch sicher ist, dass er danach schlecht gehört hat, er sagte immer, das sei von diesem Mistzeug von Medikamenten gekommen, die sie ihm eingeflößt hätten. Ich sagte ihm sogar eines Tages, warum tun Sie sich nicht so ein kleines Ding ins Ohr, das die Leute besser hören lässt, der Pfarrer hat so was und braucht jetzt über seine Ohren nicht mehr zu klagen, aber er sagte gleich, Um Gottes willen, so was werde ich nie benutzen. Da sterbe ich lieber taub! Doch später, vielleicht weil er immer dasaß und las, Gott sei Dank hatte er immer gute Augen, und zum Glück war das so, denn er ging nicht mehr aus dem Haus, manchmal ging er tagelang nicht einmal auf die Terrasse, die er so sehr liebte, immer saß er im Schlafanzug drinnen im Haus in diesem Liegestuhl und las oder schrieb, später jedenfalls ist er hartleibig geworden. Einmal ist er 15 Tage lang nicht auf die Toilette gegangen, und ich bemerkte das, ohne dass er mir was sagte, bis ich eines Tages zu ihm sagte, Senhor Araújo, entschuldigen Sie bitte meine Dreistigkeit, doch ich finde, Sie sollten etwas nehmen, um den Körper zu entlasten, das alles da drin ist schlecht für einen, aber er zuckte nur mit den Schultern und sagte, Und was soll ich jetzt machen? Da machte ich ihm Matetee und tat ordentlich Knoblauch in sein Essen, zum Glück mochte er Knoblauch, und ich machte ihm auch einen Sirup aus Zuckerrohrschnaps mit Honig, Knoblauch, Zitrone und ein paar Blättchen Lorbeer und Rosmarin. Tatsächlich ging es ihm dann besser, und er konnte zumindest alle zwei Tage auf die Toilette gehen, doch eines Tages sagte er mir, Ich habe mich schon lange nicht mehr im Spiegel angesehen, und heute habe ich gemerkt, dass ich ziemlich alt geworden bin, und ich sagte zu ihm, Sie sollten sich auch die Mühe machen, sich zumindest einmal in der Woche zu rasieren, dann könnten Sie wenigstens Ihr Gesicht im Spiegel sehen. Doch seit ich ihn einmal mit ganz zerschnittenem Gesicht gesehen hatte, sagte ich zu ihm, Ich werde Sie jetzt rasieren. Er hat noch geschimpft, Glauben Sie etwa, dass ich zu nichts mehr nutze bin? Doch die Wahrheit ist, dass er mein Angebot angenommen hat, weil er so sehr zitterte, dass er sich überall schnitt. Zum Glück hatte er nur am Kinn Bartwuchs. Ich rasierte ihn alle zwei Tage und foppte ihn sogar, indem ich sagte, was Ihren Bart betrifft, kommen Sie nach Ihrer Mutter, und er sagte, Es ist auch besser so, denn wäre es nicht so, wäre es ein Unglück. Zum Lesen legte ich ihm sogar ein Kissen auf den Schoß, wenn er im Liegestuhl saß, weil er das Buch schon nicht mehr richtig halten konnte, es fiel ihm immer aus den Händen.

Dona Eduarda erzählte das und weinte dabei, dicke Tränen liefen ihr übers Gesicht, doch sie redete weiter, als wäre sie zwei Personen, eine, die weinte, und eine andere, die erzählte, und Graça presste ihre Hände währenddessen zusammen und biss sich auf die Lippen, doch schließlich entfuhr ihr doch ein Der Arme!, was Dona Eduarda aufschluchzen ließ, während sie sagte, dass er anfing, beim Essen Schwierigkeiten zu haben wegen des Zitterns, das er hatte, häufig verfehlte er den Mund, und manchmal zielte er mit dem Löffel mit fahrigen Gesten, doch er zielte falsch, und das Essen landete an der Wamme unterm Kinn, an seiner kleinen, schmalen Wamme, an seiner schmalen Wamme, einer Wamme, wie nur er eine hatte und die mit dem Alter stärker wurde. Wenn es Essen war, das mit der Gabel gegessen wurde, kleckerte er nicht so sehr, aber wenn es Suppe war, dann machte er sich überall schmutzig, und daher hatte ihm Dona Eduarda ein Handtuch um den Hals gelegt, er hatte schon nicht mehr protestiert, obwohl er nicht mehr mit der Gabel aß, denn mit der Gabel essen war gefährlicher, weil er den Mund nicht mehr traf, so wie einmal, als er sich ins Kinn stach und sagte, Das ist ein beschissenes Hundeleben!, er, ein Mann, der immer so wohlerzogen gewesen war!, und den Teller wegstieß und sich erhob, die Stiche am Kinn waren immer noch zu sehen, und Dona Eduarda schwor, dass sie Tränen in den Augen des Mannes gesehen habe und selbst auch etwas in sich gefühlt habe und ihm darauf gesagt habe, Lassen Sie nur, ich werde Sie füttern, doch da sei er aufgefahren, habe die Augen aufgerissen und gesagt,

Eher will ich sterben als so weiterleben! Doch dann sei er in sich gegangen und habe gesagt, Mein Gott, was ist das bloß, ich weiß gar nicht, woher dieses Zittern kommt, das ist doch kein Leben!, und ich sagte, Es ist Gottes Gnade, Sie müssen Geduld haben, doch er sagte, Das ist Schuld, für die man bezahlt, und ich zahle jetzt! Und tatsächlich passierte es häufig, dass er sich am Essen verschluckte, und einmal verschluckte er sich so, dass das gekaute Essen herausplatzte und er den Tisch und den Teller und den Fußboden schmutzig machte, und er hatte einen so starken Hustenanfall, dass ihm Tränen in den Augen standen. Daher habe ich ihm dann nur noch leichtes Essen gegeben, fast nur Brei, selbst das Fleisch habe ich ihm ganz klein gehackt, damit er es ohne Schwierigkeiten schlucken konnte, obwohl er eigentlich lieber Fisch aß, er war ein Mann, der einen guten Tiefseefisch schätzte, und deshalb ging er gern auf den Markt, um ihn selbst zu kaufen.

Dona Eduarda trocknete die Tränen, Graça schniefte und wollte sie bitten aufzuhören, nicht weiterzuerzählen, doch ihre Stimme versagte, und sie saß vor Dona Eduarda, wünschte, sich an ihren Worten zu verschlucken, dieses Leiden noch einmal zu erleben, das sie in allen Einzelheiten und unendlich schmerzvoll wieder erstehen ließ, während sie dachte, Warum hast du mich bloß nicht gerufen, damit ich dir helfe?, und während Dona Eduarda diesen Rosenkranz mit schläfriger Stimme herunterbetete, sah sie ihren Vater mit dem Löffel in der Hand am Tisch sitzen und versuchen, den Mund zu treffen, sie sah seine wegen des Hustens tränenden Augen und durchlebte diese Ohnmacht angesichts des Leidens am Alter, während ihr Dona Eduarda erzählte, dass sie ihm häufig gesagt habe, Sie sollten mal aus dem Haus gehen, sich ein wenig sonnen, Freunde besuchen, das würde Ihnen guttun, außerdem muss ein neuer Anzug angeschafft werden, damit

Sie aus dem Haus gehen können, der, den Sie hier haben, ist unbrauchbar, was für ein Einfall auch, ihn in der Speisekammer aufzubewahren, nur Sie konnten auf so etwas kommen, natürlich hätte er so etwas nie gemacht, wäre ich da gewesen, auf gar keinen Fall, aber, wissen Sie, er hatte mich nach Hause geschickt, Eduarda, Sie hatten in Ihrem ganzen Leben keinen Urlaub, nutzen Sie diese Tage gut aus, fahren Sie nach Santo Antão, wenn ich wiederkomme, lasse ich Sie rufen, und daher war er an dem Tag, an dem er nach São Nicolau fuhr, allein zu Hause, obwohl es wahr ist, dass ich, bevor ich gegangen bin, alles noch einmal angesehen habe, doch letztlich war es so, dass er sich geweigert hat, einen neuen Anzug machen zu lassen, obwohl ich zu ihm sagte, Hören Sie, es gibt das Leben und den Tod, Sie könnten ihn jederzeit gebrauchen, doch er sagte, er brauche keine Kleidung mehr.

Graça fragte sich, wie es hatte angehen können, dass er in all diesen Leiden noch an den Trauermarsch für die Beerdigung hatte denken können, und sie fragte Dona Eduarda, ob er in der letzten Zeit seines Lebens noch geschrieben habe. Dona Eduarda sagte, er habe wegen des Zitterns nicht mehr geschrieben. Er habe nur gelesen, und das letzte Mal, dass sie ihn, soweit sie sich erinnern könne, hatte schreiben sehen, sei gewesen, als er jenen Brief geschrieben habe, den der junge Herr Carlos auf dem Schreibtisch gefunden habe. Sie wisse es im Übrigen noch genau, weil er ihr vor langer Zeit schon gesagt hatte, dass, wenn er gestorben sei, das Erste, was geöffnet werden solle, jener Brief sei. Doch geschrieben habe er schon lange nicht mehr, er habe nur gelesen und sie hin und wieder gebeten, das Grammofon aufzuziehen und eine Platte aufzulegen, auf deren Hülle ein Totenfloß abgebildet gewesen sei, und er habe dann still auf dem Stuhl gesessen, mit offenen Augen, als wäre er gestorben, und eines Tages habe ich sogar gedacht, dass er etwas gefühlt habe, und ich bekam einen Schreck und sagte, Senhor Araújo, Senhor Araújo, was haben Sie?, doch er erschrak durch meinen Schrei und schalt mich, obwohl diese Musik wirklich wie eine Beerdigungsmusik klang, eines Tages war er jedoch in dem Stuhl eingeschlafen, es war übrigens normal, dass er seine Siesta im Liegestuhl machte, und ich trat dann immer lautlos ein, um ihn nicht zu wecken. Eines Tages kam ich herein, und er lächelte, doch ich sah dann, dass er schlief und lächelte, wahrscheinlich träumte er, er hatte mich hereinkommen hören und sagte, Legen Sie diese Platte auf, Sie wissen ja schon, welche, und während ich dies tat, sagte ich, Ich dachte, Sie würden schlafen, doch er lächelte weiter und begann, einige Worte zu sagen, die ich nicht genau verstand, aber es war so, als würde er mit jemandem reden, als würde er sagen, Halt still! Mach keinen Unsinn! Irgendwann sagte er dann, Gib auf die Tür acht, Adélia!, doch in diesem Augenblick wachte er auf und sagte, Ich glaube, ich habe geträumt, doch dann döste er weiter vor sich hin, und am nächsten Morgen kam ich ins Zimmer, um das Fenster zu öffnen, und er sagte nicht wie üblich Guten Tag zu mir, ich dachte, er schliefe noch, und erst als ich das Fenster öffnete, sah ich, dass er den Schlaf der Engel schlief.

*Mindelo, November 1988*

*Inseln im Unionsverlag*

### Hans-Ulrich Stauffer (Hg.) *Reise auf die Kapverden*

Charles Darwin geht mit der Beagle in Praia vor Anker, Amílcar Cabral führt in die kapverdische Dichtung ein, Germano Almeida lehrt, guten von schlechtem Wein zu unterscheiden, Onesimo Silveira kennt das harte Leben der Plantagenarbeiter und Samuel Brunner bewundert die Vegetation der Inseln. Dies und vieles mehr über die Kapverden, wo sich Sehnsuchtsgefühl, Weltoffenheit und gelebte Vielfalt verbinden.

### José Luis Correa *Drei Wochen im November*

November in Las Palmas: Bleierne Schwere liegt in der Luft, und der mäßig erfolgreiche Privatdetektiv Ricardo Blanco kann in aller Ruhe über alte Filme und Krimis philosophieren. Bis eines Tages die geheimnisvolle Maria Arancha in seinem Büro auftaucht und ihn beauftragt, den Tod ihres Verlobten Toñuco Camember zu untersuchen, der sich umgebracht haben soll. Bei seinen Nachforschungen dringt Blanco in die exklusiven Zirkel der kanarischen Oberschicht ein. Doch der schöne Schein trügt.

### José Luis Correa *Tod im April*

Als Mario Bermúdez eines Tages im April tot in der Badewanne in seiner Wohnung entdeckt wird, wundert sich die Polizei: Der Tote trägt rostrote Spitzendessous und Strapse, dabei war er doch ein ganz unauffälliger Zeitgenosse. Eine Woche später wird eine zweite Leiche in Las Palmas gefunden. Allmählich wird die Öffentlichkeit nervös. Dass auch er selbst in Gefahr gerät, kann Privatdetektiv Ricardo Blanco allerdings nicht ahnen, als er aus reiner Menschenfreundlichkeit den Fall übernimmt.

Mehr über alle Bücher und Autoren auf *www.unionsverlag.com*

*Inseln im Unionsverlag*

ANNA KATHARINA DÖMLING UND VERENA STÖSSINGER (HG.)
*»Von Inseln weiß ich ...« – Geschichten von den Färöern*
Rund 47 000 Menschen bevölkern die achtzehn schroffen, baumlosen Inseln, die zwischen Island, Schottland und Norwegen im Nordatlantik liegen. Jahrhundertelang blühte hier eine mündliche Tradition mit Balladen, Sagen und Märchen. Daraus ist eine selbstbewusste, erzähl- und experimentierfreudige Literatur auf Färöisch entstanden, die sich von ihren kleinen Inseln aus die großen Themen der Menschheit zu eigen macht.

FRANÇOISE HAUSER (HG.) *Reise auf die Malediven*
Helmut Kuhn führt durch den maledivischen Sprachendschungel, Jan Hogendorn und Marion Johnson erforschen den Wert der Geldschnecke, Thurston Clarke bringt Schwung in die einseitige Klimawandeldiskussion, Heike Barai beschreibt die Stellung der maledivischen Frau und Elfie Stejskal lässt uns den Dorfalltag kennenlernen. Dies und vieles mehr über die Malediven, ein wundersames Inselreich mit vielen Gesichtern.

GEORGE MACKAY BROWN *Ein Sommer in Greenvoe*
In Greenvoe, einem kleinen Küstenort auf den Orkney-Inseln, spielt sich der Alltag der Fischer und Bauern seit Generationen unverändert ab. Im Kramladen tratschen die Frauen, und hier kauft der Dorftrottel Timmy den Brennsprit, mit dem er seinen Durst nach Alkohol löscht. Der Fährmann versucht sein Glück bei der Nichte des schottischen Großgrundbesitzers, die den Sommer auf der Insel verbringt. Bis eines Tages die Regierung einen militärischen Plan ankündigt, die »Operation Schwarzer Stern«, die nicht nur Arbeit und Verdienst bringt, sondern auch das Ende für die althergebrachte Lebensweise bedeutet.

Mehr über alle Bücher und Autoren auf *www.unionsverlag.com*

*Inseln im Unionsverlag*

### LEONARDO PADURA  *Adiós Hemingway*
Vierzig Jahre nach Hemingways Tod wird auf seiner Finca bei Havanna eine Leiche gefunden, getötet mit zwei Kugeln aus einer Maschinenpistole seiner legendären Waffensammlung. War Hemingway ein Mörder? Die kubanische Polizei ist beunruhigt und will um jeden Preis die Aufmerksamkeit der Weltöffentlichkeit vermeiden. Doch auf Kuba gibt es nur einen, der diesem Fall gewachsen ist: Ex-Polizist Mario Conde.

### LEONARDO PADURA  *Der Nebel von gestern*
Mario Conde schlägt sich auf Kuba als Antiquar durchs Leben. Eines Tages stößt er auf eine außerordentlich wertvolle, seit vierzig Jahren vergessene Bibliothek. All seine Geldsorgen scheinen mit einem Schlag gelöst. Doch dann entdeckt er eine Zeitschrift aus den Fünfzigerjahren mit dem Porträt der Bolero-Sängerin Violeta del Río. Ihr Bild und die einzige Schallplatte, die sie vor ihrem rätselhaften Tod aufgenommen hat, verzaubern ihn. Er macht sich auf die Suche nach ihr und dringt vor in das Havanna von gestern, in die wilden Jahre der Boleros und der Mafia.

### ALBERTO VÁZQUEZ-FIGUEROA  *Der Leguan*
Seit er sich erinnern kann, ist Oberlus »das Monster«. Jeder wendet den Blick ab, wenn er sein missgestaltetes Gesicht sieht. In ohnmächtiger Wut flieht der Ausgestoßene auf eine unbewohnte Insel. Jetzt rächt er sich an der Menschheit und errichtet sein eigenes, grausames Reich, in dem menschliche Regeln und Regungen nichts gelten. Erst in der rätselhaften Niña Carmen, die er sich eines Tages gewaltsam an seinem Strand erobert, findet er eine ebenbürtige Gegnerin.

---

Mehr über alle Bücher und Autoren auf *www.unionsverlag.com*

*Unionsverlag Taschenbuch*

**BÜCHER FÜRS HANDGEPÄCK**
Finnland (UT 663)
Sri Lanka (UT 662)
Mexiko (UT 659)
Schottland (UT 644)
Peru (UT 643)
Marokko (UT 642)
Kambodscha (UT 638)
Kalifornien (UT 637)
Brasilien (UT 616)
Dänemark (UT 615)
Korea (UT 576)
New York (UT 575)
Vietnam (UT 574)
Neuseeland (UT 573)
Bayern (UT 554)
Namibia (UT 553)
Schweden (UT 552)
Sizilien (UT 551)
Kuba (UT 550)
Südafrika (UT 549)
Kolumbien (UT 548)
Patagonien und Feuerland (UT 547)
Innerschweiz (UT 513)
London (UT 512)
Belgien (UT 511)
Emirate (UT 510)
Kapverden (UT 509)
Kanada (UT 508)
Malediven (UT 507)
Norwegen (UT 506)
Indonesien (UT 476)
Hongkong (UT 475)
Toskana (UT 474)
Argentinien (UT 473)
Kreta (UT 472)
Sahara (UT 471)
Island (UT 470)
Japan (UT 469)
Myanmar (UT 443)
Tessin (UT 442)
Provence (UT 440)
Ägypten (UT 439)
China (UT 438)
Indien (UT 423)
Himalaya (UT 421)
Schweiz (UT 420)
Bali (UT 401)
Thailand (UT 400)

**RICHARD WOODMAN**
Die Wette (UT 677)
**DANIEL DEFOE**
Kapitän Singleton (UT 676)
**RUDYARD KIPLING**
Genau-so-Geschichten (UT 675)
**NAGIB MACHFUS**
Ehrenwerter Herr (UT 674)
**JURI RYTCHËU**
Der letzte Schamane (UT 673)
**SCHARUK HUSAIN (HG.)** Von Hexen, Nixen und Feen (UT 672)
**MITRA DEVI**
Das Kainszeichen (UT 671)
**CLAUDIA PIÑEIRO** Betibú (UT 670)
**CLAIRE KEEGAN**
Durch die blauen Felder (UT 669)
**GERMANO ALMEIDA** Das Testament des Herrn Napumoceno (UT 668)
**JAMAICA KINCAID** Lucy (UT 667)
**JESÚS CARRASCO**
Die Flucht (UT 666)
**NGUGI WA THIONG'O**
Der Fluss dazwischen (UT 665)
**UPTON SINCLAIR**
Der Dschungel (UT 664)
**MANSURA ESEDDIN**
Hinter dem Paradies (UT 661)
**RAJA ALEM**
Das Halsband der Tauben (UT 660)
**HANS LEIP**
Die Klabauterflagge (UT 658)
**DUDLEY POPE**
Trommelwirbel (UT 657)
**COLETTE** Die Katze aus dem kleinen Café (UT 656)
**FREDERIK HETMANN (HG.)** Wie Frauen die Welt erschufen (UT 655)
**NAGIB MACHFUS** Der letzte Tag des Präsidenten (UT 654)

Mehr über alle Bücher und Autoren auf *www.unionsverlag.com*

## Unionsverlag Taschenbuch

**Yaşar Kemal**
Die Ararat-Legende (UT 653)
**Adak/Glassen (Hg.)**
Hundert Jahre Türkei (UT 652)
**Giuseppe Fava**
Ehrenwerte Leute (UT 651)
**Petra Ivanov** Leere Gräber (UT 650)
**Victor Serge**
Die große Ernüchterung (UT 649)
**Robert Kurson** Der Blinde, der wieder sehen lernte (UT 648)
**Krishna Baldev Vaid** Tagebuch eines Dienstmädchens (UT 647)
**Giselher W. Hoffmann**
Schattenjäger (UT 646)
**Mia Couto**
Das schlafwandelnde Land (UT 645)
**Friedrich Glauser**
Briefe I und II (UT 639)
**Dudley Pope**
Leutnant Ramage (UT 636)
**Andreas Kollender**
Teori (UT 635)
**Tschingis Aitmatow**
Goldspur der Garben (UT 634)
**Nagib Machfus**
Anfang und Ende (UT 633)
**Marçal Aquino** Flieh. Und nimm die Dame mit. (UT 632)
**Edwidge Danticat**
Der verlorene Vater (UT 631)
**Gustav Regler** Die Saat (UT 630)
**Maryse Condé**
Wie Spreu im Wind (UT 629)
**Sia Bronikowski**
Einstieg in Fahrtrichtung (UT 628)
**Jamaica Kincaid** Die Autobiografie meiner Mutter (UT 627)
**Giselher W. Hoffmann**
Die Erstgeborenen (UT 626)
**Claudia Piñeiro** Der Riss (UT 625)
**Celil Oker**
Schnee am Bosporus (UT 624)
**Jörg Juretzka** Prickel (UT 623)
**Mitra Devi** Seelensplitter (UT 622)
**Rob Alef** Kleine Biester (UT 621)
**Christopher G. Moore**
Nana Plaza (UT 620)
**Bruno Morchio**
Kalter Wind in Genua (UT 619)
**Leonardo Padura**
Der Schwanz der Schlange (UT 618)
**Tamta Melaschwili**
Abzählen (UT 617)
**Leonardo Padura**
Adiós Hemingway (UT 614)
**Tschingis Aitmatow**
Abschied von Gülsary (UT 613)
**Dmitri Mereschkowski**
Leonardo da Vinci (UT 612)
**Jean-Claude Izzo** Solea (UT 611)
**Jean-Claude Izzo**
Chourmo (UT 610)
**Jean-Claude Izzo**
Total Cheops (UT 609)
**Jörg Juretzka** Freakshow (UT 608)
**Christopher G. Moore**
Der Untreue-Index (UT 607)
**Ahmed Ümit** Patasana – Mord am Euphrat (UT 606)
**Petra Ivanov** Tatverdacht (UT 605)
**Nagib Machfus**
Das junge Kairo (UT 604)
**Francine Marie David**
Bei den Grabräubern (UT 603)
**Gisbert Haefs** Radscha (UT 602)
**Robert Kurson**
Im Sog der Tiefe (UT 601)
**John Steinbeck/Robert Capa**
Russische Reise (UT 600)
**Herman Charles Bosman**
Mafeking Road (UT 599)
**Monireh Baradaran** Erwachen aus dem Albtraum (UT 598)
**Barbara Gowdy**
Der weiße Knochen (UT 597)
**Maurice Maeterlinck**
Das Leben der Bienen (UT 596)
**Reginald Arkell**
Pinnegars Garten (UT 595)

Mehr über alle Bücher und Autoren auf *www.unionsverlag.com*